먼 곳에서부터

먼 곳에서부터

초판 인쇄 · 2022년 1월 7일
초판 발행 · 2022년 1월 15일

지은이 · 김현경, 맹문재 외
펴낸이 · 한봉숙
펴낸곳 · 푸른사상사

주간 · 맹문재 | 편집 · 지순이 | 교정 · 김수란, 노현정 | 마케팅 · 한정규
등록 · 1999년 7월 8일 제2-2876호
주소 · 경기도 파주시 회동길 337-16 푸른사상사
대표전화 · 031) 955-9111(2) | 팩시밀리 · 031) 955-9114
이메일 · prun21c@hanmail.net/prunsasang@naver.com
홈페이지 · http://www.prun21c.com

ISBN 979-11-308-1884-9   03810
값 19,500원

푸른사상
산문선
43

김수영 시인 탄생 100주년 기념

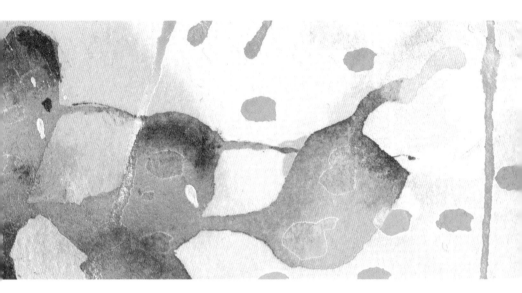

먼 곳에서부터

김현경 외 산문집

푸른사상
PRUNSASANG

2021년은 김수영 시인 탄생 100년이 되어 시인을 기리는 행사가 많았습니다.

『한겨레』 신문이 5월 24일부터 11월 29일까지 김수영 시인 특집을 마련했고, 11월 12일에는 김수영기념사업회가 출범했으며, 11월 26일에는 연세대학교가 김수영 시인 기증 유품 특별전을 개막한 것 등을 들 수 있습니다. 김수영 시인이 한국 문학사에 끼친 영향으로 볼 때 다행이라고 생각합니다.

김현경 여사님과 인연을 맺고 있는 시인들도 이 뜻깊은 해를 기념하기 위해 합동 산문집을 간행합니다. 거창한 기획이 아니라 김수영 시인과 김현경 여사님을 사랑하는 후배들이 '인연'이라는 주제로 소박하게 함께한 것입니다.

제1부에는 김현경 여사님과 김준태 시인의 옥고를, 제2부에는 김명인·노혜경·신좌섭·이명원·임동확 등 김수영을 연구하는 분들의 글을 실었습니다. 제3부에는 김수영 시인을 그린 시인들의 글을,

제4부에는 김현경 여사님을 좋아하는 시인들의 글을 배치했습니다. 그리고 제5부에는 자신의 인연을 소중히 여기는 시인들의 글을 실었습니다.

이 산문집의 제목은 김수영의 시 「먼 곳에서부터」에서 가져왔습니다. 먼 곳에서부터 아픔을 느낀다는 것은 그만큼 인연을 깊게 품은 것으로 생각합니다.

김현경 여사님께서 지금처럼 건강하시어 우리와 함께 계속하시길 응원합니다.

이 산문집에 함께해주신 모든 분께 감사의 인사를 드립니다.

2021년 11월 30일
맹문재

제3부

제4부

제5부

제1부

. . . .

「풀」을 생각하며

이 세상의 많은 이별 중 아프지 않은 이별이 있을까마는 가장 사랑하는 사람을 떠나보내야 하는 아픔은 우리가 겪어야 하는 세상의 어느 이별보다 참혹하리라. 오직 시만 사랑하고 시만 생각하는 사람, 시의 자존감에 불타던 영원한 시의 연인 김수영 시인! 그는 갔다. 내 곁을 영원히 떠나갔다. 우리들의 빛나던 시간들! 사랑을 하고 시를 논하고 아이를 낳고 20여 년을 부부로 동고동락한 그와의 흔적들은 내 곁에 여전한데 그는 가고 없다. 그러나 나는 아직 그를 보내지 못하고 있다. 그가 줄담배를 피워가며 글을 쓰던 서재에도, 식탁에도, 내 가슴속에도 그는 살아 숨 쉬고 있다. 큰 키와 큰 눈을 빛내며 내 옆에 아직도 살아 숨 쉰다.

시간은 흘러 어느새 고인의 일주기를 맞이하였다. 졸지에 그를 보내고 정신을 놓은 채 살아온 황망한 시간들이었다. 지난 일 년은 삶을 구가한 시간들이 아니라 머릿속이 하얗게 빈 채로 그냥 멍하게 살아진 시간들이었다. 고인의 친구분들의 따뜻한 성금으로 그의 시비가 묘소 옆에 세워졌다. 그러나 나는 아직, 그때 나를 도와주신 고마운 분들에게 감사의 말 한마디 돌려드리지 못했다. 내가 아직도 그를 떠나보내지 못하고 있기 때문이리라. 시비에 새겨진 고인의 육필의 시며 동판으로 붙여진 프로필은 고인을 추모하는 데, 그지없이 아름다운 모멘트가 되고 있다. 김수영, 그는 우리들이 숨 쉬고 사랑하며 사는 이 아름다운 세상에서 영원히 떠나간 것이다.

고인은 잠으로 아깝게 세상을 떠났으나 그가 47년을 살아오는 동안에 남긴 작품은 누구의 가슴에도 담을 수 있는 진지한 것이 많다고 생각한다. 그의 문학적인 업적이나 성과가 우리 문학사에 어떻게 정립되는지는 알 수 없으나 그는 오직 시만을 위한 일념으로 한평생을 한눈팔지 않고 살아온 진정한 시인이라고 굳게 믿기 때문이다. 제막식에 오신 여러 친구분들의 면담에서도 고인에 대한 애석의 정이 가득 찬 이야기가 끝없이 쏟아져 나왔었지만, 이런 담론은 앞으로도 끝없이 그는 불러내올 것을 나는 확신하고 있다. 그는 피로써 시를 썼고 뼈를 갈아 시를 쓴 진정한 생활 속의 시인임을 자부하고 있기 때문이기도 하다.

나는 요즈음 아무런 의미도 없이 돌과 같이 멍하니 앉아 있을 때가 많다. 날이 갈수록 깊어만 지는 그에 대한 연민과 비애는 어떠한 것에도 풀릴 수가 없다. 나는 이렇게 정신을 놓은 상태로 우두커니 먼산바라기가 되어 있고는 하다가 고인이 남겨놓은 시나 산문을 읽고는 기운을 내는 것이다. 그의 작품에는 어떤 희망적인 빛과 같은 것을 던져주는 것이 있음을 알기 때문이다.

시비에 새겨진 「풀」은 그의 마지막 작품이며 작고 전 5월 29일 쓰여진 작품이다. 그날은 바람이 몹시 불었던 것으로 기억하고 있다. 뜰 안에 무성한 뱀풀이 사뭇 율동적이었다. 그즈음 그는 『하이데거 전집』을 읽고 있었다. 한 권을 읽고 나면 몇 번씩이나 그 감명을 말하면서 신이 나서 좋아했다. 내가 자기의 의견에 동의하고 공감하는 것을 그는 아이처럼 크게 좋아했다. 특히 「시와 언어」에서는 많은 공명을 얻고 자기가 그렇게 하고 있다면서 자신만만한 태도로 나에게 애교 있게 뻐기기도 했다. 즉 진짜 시인이 너의 남편이라고 큰소리치기를 좋아했다. 그럴 때면 나는 그의 큰소리에 신이 나서 같이 그를 추켜세우는 부창부수의 역할을 마다하지 않았다. 그의 시 대부분이 내 손을 통해 대필되고 복제된 것도 자기 세계를 전적으로 인정하고 공감하는 내 얼치기 문학도 근성 때문인지도 모를 일이다.

고인은 늘 시를 쓸 때, 책 같은 것을 부쳐온 빈 봉투 뒷면에 깨알처럼 까맣게 써 내렸다가 완성된 후에 보면 모두 깎아버리고 몇 줄의 시로 되는 경우가 많다. 그만큼 자기가 사랑하는 것들을 버려야 하는 피나는 고통 속에서 그의 시는 탄생했던 것이다.

이 「풀」에도 일체의 수식어가 없는 단단한 뼈대만 남은 시어들이 아닌가. 그가 실제로 체득한 시대적인 관점이나 물음표들, 그 모든 것이 그의 온몸 속을 관통하여 울려 나오는 듯한 그의 울음소리 속에 넘치지도 않고 부족함도 없이 흐르고 있는 것 같다. 그는 이 시를 쓰고 매우 만족하고 있었다. 늘 시를 한 편 완성하면 개선장군 같은 표정이 되었고 또 얼마 있다가 새 작품을 쓰려면 꼭 처절한 몸부림 같은 진통을 겪고는 하였다. 이와 같이 그는 늘 전심전력으로 시를 썼고, 새로운 모색을 위하여 부단한 노력을 아끼지 않았고, 같은 시를 두 번 쓸 수 없다는 예술가의 긍지를 끝내 지켰다.

더욱이 그의 시는 생활과 밀착된 언어의 승화로서 그의 바닥에 깔린 서정은 섬세하고도 항상 새로울 수밖에 없었다. 이따금이 아니라 종종 그는 만취가 되어 야경에 집에 돌아와서는 거지가 되고 싶다고 외치곤 하였다. 제발 자기를 너의 속된 사슬에서 벗어나게 해달라고 애원이 아니라 울부짖기까지 했다. 자유롭게 시만 쓰고 시만 생각하고 미소 짓고 죽게 해달라고 조른 것이다. 대한민국에 유일한 자유는 거지가 될 수 있는 권리가 있지. 거지가 되어서라도 그가 구가하고 싶어 했던 자유! 나는 바람 같은 자유로움을 원하는 그의 깊은 사회적 공허나 시대적 갈증을 이해하고 또 이를 극복하기 위해 부단한 그와의 대화의 채널을 가지려 노력했다.

 나 역시 문학의 갈증에 방황하던 젊은 날의 향수가 오버랩되면서 그의 목마름에 늘 동조하는 편이어서 작품 속에서 의기투합할 때가 많았던 것이다. 아마 내가 문학을 이해하지 못했다면 우리 부부는 참 어려운 고비에 직면할 때가 많았으리라고 본다. 전연 생활인이기를 거부했던, 오로지 시만을 사랑했던 시인을 남편으로 둔다는 일은 당시로서는 고행에 가까운 일이었으니까……

 이 세상에서는 거지도 마음대로 안 돼요. 자유! 자유! 없이는 예술도 없어, 사랑도 없어, 평화도 없어 하고 외치면 옆에서 자던 작은 어린놈은 자다 말고 일어나서 "아버지 나는 거지가 싫다"고 우는 것이다. 지금도 이런 생각을 하면서 그가 애처롭고 생생하게 느껴진다. 더욱이 그의 자유에 대한 깊은 신앙이 아프게 가슴을 친다. 지금은 천국에서 그가 평생을 통해 그토록 갈망했던 자유 속에서 창작에 몰두하고 있을까.

 고인의 시작 태도와 시 정신의 추구는 그 끝을 인류의 사랑에 꽂고 있었다. 개인의 행복이란 있을 수 없는 것으로, 안일과 나태를 극도로 거부하고 오직 인류의 참된 아름다운 정신의 지표를 바라고 자기 자신을 자학하게 하면서 극복하고 있었다.

김준태

....

그의 시는 '거대한 뿌리'였다

1960년대 말엽 『시인』지로 한국 문단에 나올 때 내가 본, 내가 읽은 김수영은 아웃사이더였다. 그가 참가한 동인지 『새로운 도시와 시민들의 합창』이 주창했던 미학의 세계가 모더니즘의 기치를 내걸고 있었던 것처럼 그의 시는, 그의 시적 사상과 세계는 '변혁' '개혁' 혹은 '혁명적' 이미지가 강했다. 모더니즘이 원래 새로운 시대를 위하여 강한 변혁, 변화, '바꾸기의 꿈'이 강하였던 것처럼 김수영은 적어도 문학의 장르에서만은 혁명적 의지가 강한 시인이었다. 그것은 그의 시가 현실참여의 문학으로서 나아가서는 문학이 정치의, 정치적인 것들의 한계까지 뛰어넘는 것을 말하고 있었다. 1950년대 초에 발발한 6 · 25전쟁과 전후 사회를 거치면서 형성된 한반도 특유의 '전쟁전후문학'과 1960년대의 소위 4 · 19혁명을 통하여 형성된 '4 · 19혁명문학'은 김수영의 경우에, 그의 시(문학과 삶의 모든 것)를 더욱 전위적, 실험적, 아방가르드적, 언어혁명적으로, 그리고 '불온'하게 만들었다. 따라서 그의 시는 시의 내적 형태와 외적 형태를 때로는 자유롭고 종횡무진하게 전개시켜나갔다. 그는 현실을 바꾸듯이 시를 바꾸려 했던 한국 현대시의 최초의 아웃사이더, 적어도 언어혁명의 필드에서 말할 때 그와 같은 몸부림을 정직하게 보여준 시인이었다. "어제 쓴 시는 오늘 써야 하는 시의 적이며… 오늘 쓴 시는 내일 써야 하는 시의 적이다"라는 게 그의 시였다. 그랬던 그가 교통사고로 세상을 떠나자 바로 그다음 날, 1960년대 말엽 대학 1학년생으로 한국 시단에 나온 나는 그의 죽음을 슬퍼하면서 광주지역 신문에 조시 「김수영」을 투고하여 발표했다. 이 시는 나중에 나의 첫 시집 『참깨를 털면서』(창작과비평사, 1974)에 그대로 넣었는데 다음은 그 전문이다.

> 당신의 미학은
> 꽃을 움직여 보고 꽃을 말한다
> 당신은 그만큼 흔들리는 미학에 충실하다
> 당신은 비참을 노래하면서도
> 유쾌한 관형사를 앞세운다
> 적의 칼날에 잘려진 모가지처럼
> 당신의 언어들은
> 최후까지 눈을 부릅뜰 줄 안다
> 쓰러진 시대를 다시 일으켜

그 내부를 확인할 줄 안다
얼마 남지 않은 저항의 여유를
통째로 안고
언제나 젊은 애들과 싸운다
젊음을 갖기 위하여 젊은 애들과 싸운다
오오 폭포여
군중의 바다로 흘러간
폭포여!

　　　　　　― 김준태, 「김수영」(『전남일보』 1968.6.18.)

　김수영(1921.11.27~1968.6.16.)은 한반도의 파란 많은 현대사 속에서 오히려 "전통은, 역사는 아무리 더러운 역사라도 좋다"라고 노래한 정직하고 용감한 시인이다. 김수영, 그는 자신이 이 땅 한반도에 발을 내딛는 것에 비하면 제3인도교(제3한강교)의 철근 기둥도 좀벌레의 솜털이 아니냐고 역설적 표현기법을 동원하여 오랜 식민지 생활과 분단으로 주눅 들어 살아온 우리들의 어깨를 툭툭 치면서 '일어서봐, 일어서봐' 하는 듯이 부추긴다. 국토와 역사, 이 땅의 민중들에 대한 사랑을 드라마틱하게 노래한 김수영의 시 「거대한 뿌리」를 읽을 때 서구적 허무주의 따위는 끼어들 엄두를 내지 못한다. 이 우울한 시대를 파라다이스(낙원)로 받아들이고야 마는 오기와 뚝심을 보여주는 시인 앞에서 세기말적 역사적 허무주의는 무의미하다.

전통은 아무리 더러운 전통이라도 좋다 나는 광화문

네거리에서 시구문의 진창을 연상하고 인환네

처갓집 옆의 지금은 매립한 개울에서 아낙네들이

양잿물 솥에 불을 지피며 빨래하던 시절을 생각하고

이 우울한 시대를 패러다이스처럼 생각한다

버드 비숍여사를 안 뒤부터는 썩어빠진 대한민국이

외롭지 않다 오히려 황송하다 역사는 아무리

더러운 역사라도 좋다

진창은 아무리 더러운 진창이라도 좋다

나에게 놋주발보다도 더 쨍쨍 울리는 추억이

있는 한 인간은 영원하고 사랑도 그렇다

…(중략)…

요강, 망건, 장죽, 종묘상, 장전, 구리개 약방, 신전,

피혁점, 곰보, 애꾸, 애 못낳는 여자, 무식쟁이,

이 모든 무수한 반동이 좋다

이 땅에 발을 붙이기 위해서는

—제3인도교의 물속에 박은 철근 기둥도 내가 내 땅에

박는 거대한 뿌리에 비하면 좀벌레의 솜털

내가 내 땅에 박는 거대한 뿌리에 비하면

— 김수영, 「거대한 뿌리」 부분

　　관성과 타성, 상투적 미학을 탈피하기 위해 기존의 세계에 안주하려는 상식을 깨뜨리면서 과거와는 다른 형식과 내용으로 독자들(민중 혹은 시민) 앞에 다가서는 것이 그의 시적 미학이요 세계관이다. 「시

여, 침을 뱉어라」는 글 속에서 그는 저 유명한 '온몸의 시학'을 밝힌
다. "정치적 자유를 인정하지 않는 사회에서는 개인의 자유도 인정하
지 않는다. 내용을 인정하지 않는 사회에서는 형식도 인정하지 않는
것"이며 결국 시인들의 참다운 "시작은 머리로 하는 것이 아니고, 심
장으로 하는 것도 아니고, 몸으로 하는 것이다. 온몸으로 밀고 나가는
것"이라는 주장을 편다.

> 시를 쓴다는 것은 무엇인가. 그리고 시를 논한다는 것은 무엇인
> 가. 시작은 〈머리〉로 하는 것이 아니고, 〈심장〉으로 하는 것도 아니
> 고, 〈몸〉으로 하는 것이다. 〈온몸〉으로 밀고나가는 것이다. 정확하
> 게 말하자면, 온몸으로 동시에 밀고나가는 것이다. 시는 온몸으로,
> 바로 온몸을 밀고나가는 것이다. 그것은 그림자를 의식하지 않는다.
> 그림자에조차도 의지하지 않는다. 시의 형식은 내용에 의지하지 않
> 고 그 내용은 형식에 의지하지 않는다. 시는 그림자에조차 의지하지
> 않는다. 시는 문화를 염두에 두지 않고, 민족을 염두에 두지 않고,
> 인류를 염두에 두지 않는다. 그러면서도 그것은 문화와 민족과 인류
> 에 공헌하고 평화에 공헌한다. 바로 그처럼 형식은 내용이 되고, 내
> 용은 형식이 된다. 시는 온몸으로, 바로 온몸을 밀고나가는 것이다.
> — 김수영, 「詩여, 침을 뱉어라」 부분

1968년 4월, 부산에서 펜클럽 주최로 행한 문학세미나에서 발표
한 강연문 「詩여, 침을 뱉어라」는 김수영 자신의 시 혹은 시작의 비밀
을 가장 잘 말해주는 고백이다. 그의 강연문을 읽다 보면 그의 '온몸

의 시론'은 여전히 불온하다. 아방가르드적이다. 전위적이다. 따라서 '불온한(?) 시'를 쓸 수밖에 없었던(없는) 이 땅의 시인들을 향해 그래서 그의 시와 시론은 어쩌면 교활할 정도로 '자유'를 누린 것이다.

> 프랑스의 앙티로망의 작가인 뷔또르가 말했듯이 모든 실험적인 문학은 필연적으로는 완전한 세계의 구현을 목표로 하는 진보의 편에 서지 않을 수 없게 되는 것이다. 모든 전위문학은 불온하다. 그리고 모든 살아있는 문화는 본질적으로 불온한 것이다. 그것은 두말할 것도 없이 문화의 본질이 꿈을 추구하는 것이고 불가능을 추구하는 것이기 때문이다.
>
> ── 김수영, 「실험적인 문학과 정치적 자유」 부분

분단시대의 시인, 모든 사유와 창작이 자유롭게 이행되지 못하고 굴절된 상황 속에서 김수영 시인은 자유(?)를 누린다. '실험적인 문학을 통하여 정치적 자유'도 누린다는 것인데 사실 이 말의 진의를 당시의 사람들은 얼마나 알아들었을까. 결국 김수영은 '진보의 편에 서서' 불온한 전위적인 시를, 전위적인 산물을 당당하게 통절하게 설파한 시인으로 거듭난다. "모든 살아 있는 문화는 본질적으로 불온한 것"이며 "꿈을 추구하는 것이고 불가능을 추구하는 것이기 때문"이라는 생각에서다. 이와 함께 김수영은 모더니스트이면서 동시에 치열한 리얼리스트이다. 그가 죽기 전에 마침내 발견한 '사랑'이 바로 그러한 증거다. 역사와 민족과 시민과 민중에 대한 낙관적 리얼리스트, 김수

영은 우리 민족의 에너지와 꿈을 발견하고 그것이 결코 헛된 꿈이 아니라는 것을 확신한 듯싶다.

> 아들아 너에게 광신을 가르치기 위한 것이 아니다
> 사랑을 알 때까지 자라라
> 인류의 종언의 날에
> 너의 술을 다 마시고 난 날에
> 미대륙에서 석유가 고갈되는 날에
> 그렇게 먼 날까지 가기 전에 너의 가슴에
> 새겨둘 말을 너는 도시의 피로에서
> 배울 거다
> 이 단단한 고요함을 배울 거다
> 복사씨가 사랑으로 만들어진 것이 아닌가 하고
> 의심할 거다!
> 복사씨와 살구씨가
> 한번은 이렇게
> 사랑에 미쳐 날뛸 날이 올 거다
> 그리고 그것은 아버지 같은 잘못된 시간의
> 그릇된 명상이 아닐 거다
> — 김수영, 「사랑의 변주곡」 부분

세상에! 이 땅에 '암흑'마저 사랑하는 김수영의 눈물은 얼마나 투명하고 깊은가. "도시의 끝에/사그러져가는 라디오의 재잘거리는 소리가/사랑처럼 들리고 그 소리가 지워지는/강이 흐르고 그 강

건너에 사랑하는/암흑이 있고…" 시구에서 '사랑하는 암흑'이 그렇다. "복사씨와 살구씨와 곶감씨의 아름다운 단단함"에서 복사씨와 살구씨와 곶감씨는 물론 한반도 전체 구성원들을 가리키는 비유이다.

김수영은 시 「사랑의 변주곡」에서 이 땅 우리들의 앞날에 대한 예언을 감동적으로 펼쳐놓는다. "복사씨와 살구씨가/한번은 이렇게/사랑에 미쳐 날뛸 날이 올 거다"라고 결구를 지으면서 그 꿈과 예언이 분단시대를 주눅 들어 살았던 아버지의 세대, 예컨대 "아버지 같은 잘못된 시간의/그릇된 명상이 아"니기를 기대하고 희망한다.

김수영은 6·25전쟁을 통하여 국토와 민족분단을 깊이 경험한 시인이고 통일을 열망한 시인이었음을 다시금 확인한다. 단순히 현실 참여 시인으로서만이 아니라 보다 깊고 넓어져야 할 내일의 차원에서 '통일시인'이라는 이름표를 그에게 붙여보고자 함이 바로 그런 뜻이다. 모더니즘과 리얼리즘의 두 병기를 들고 자유와 통일을 노래한 시인 김수영은 그런 점에서 어제의 시인이 아니라 오늘 그리고 내일의 시인이다. 그도 말했다. "내일의 시를 쓰기 위해서 오늘 내가 쓴 시는 내가 써야 할 시의 적이다"라고! 앙가주망, 전위적, 실험적, 아방가르드, 혹은 그의 사후에 등장한 문명어인 아날로그와 디지털을 하나의 밥그릇 속에서 비비는 그의 시와 시론은 보다 민족적인(혹은 시민적인) 성량을 가지고 있으면서도 보다 세계적인 보편성을 보여주고 있다. 전쟁과 전후 '분단시대'의 절정을 살았던 그의 시가 '통일문학의 반열'에서 빛과 에너지, 사랑과 평화를 발휘할 날이 오리라 믿는다. 김수영, 그는 한국문학(한반도문학)은 물론 한반도 정신문화에 '거대한 뿌리'를 남기고 간 시인이다.

제 2 부

김명인

···························

끝나지 않은 혁명의 표상, 김수영

1968년 김수영 시인이 타계한 6년 후인 1974년 그의 유작시집 『거대한 뿌리』가 간행되었다. 이듬해인 1975년에는 산문선집 『시여, 침을 뱉어라』가 나왔고, 1976년엔 『거대한 뿌리』에 실리지 않은 시들로 다시 두 번째 유작시집 『달의 행로를 밟을지라도』가, 1978년에는 두 번째 산문선집 『퓨리턴의 초상』이 나왔다. 그리고 1981년에는 『김수영 전집 1 · 시』와 『김수영 전집 2 · 산문』이 나왔다. 김수영은 생전에도 시와 산문 양쪽에 걸쳐 분단과 독재가 지배하는 후진적 한국사회의 바로 그 '후진성'과 최전선에서 맞서 싸워온 전투적 지식인으로 평판을 얻은 바 있지만, 40대 후반의 아까운 나이에 세상을 떠난 이후 시간이 갈수록 그 이름이 더 빛나는 사람이라고 할 수 있다. 그는 유고시집, 산문집, 그리고 전집의 간행을 통해 그 삶과 문학의 전모가

드러나면서 시간이 갈수록 누구도 범접할 수 없는 독특한 시세계로 최고의 경지를 이룩한 한국 현대시인 중의 한 명이자 양심과 지성을 고루 갖춘 종합적 지식인으로서, 지금까지도 한국문학과 지성계에 그 현재적 영향력을 끼치고 있다.

나는 그를 유고로만 만난 첫 세대에 속한다. 그의 첫 유고시집이 나온 1974년에 나는 겨우 고등학교 1학년으로서 아무것도 모르는 천둥벌거숭이에 불과했지만 학교 문예반에 속해 나름 '문청'입네 하던 중이라 『거대한 뿌리』의 소문은 일찍 접한 편이었다. 하지만 그의 시와 산문의 맥락을 제대로 이해하기 시작한 것은 대학에 입학하고 나서 세상을 좀 알 만하다 싶었던 1970년대 말, 박정희 군사독재의 단말마적 발악이 '유신체제'라는 이름으로 옥죄어 들어오고 나 역시 독재정권과의 투쟁만이 최고의 삶의 형식이었을 그 무렵이었다. 『거대한 뿌리』와 『달의 행로를 밟을지라도』에 실렸던 그의 난해한 시들을 전부 이해할 수도, 또 그의 위악적 포즈와 소시민적 나약함 같은 부분들은 좀처럼 받아들일 수도 없었지만, 그의 시들에 강력한 저항적 파토스를 부여하고 있는 단호한 선언과 정언적 명령의 언어들, 그리고 자기 자신의 나태와 비굴을 그대로 드러내면서도 동시에 그것을 견디지 못하고 사뭇 자기를 채찍질해 나가는 그의 준열한 자기비판의 자세는, 나뿐만이 아니라 독재정권과 싸우던 당시의 청년 대학생들에게는 투쟁의 결단이 필요한 순간마다 마치 휘발유처럼 영혼을 불태우는 연료로 사용되었다.

이 시기에 김수영이 내게 더 특별하게 다가온 하나의 일화가 있다. 당시 계간지 『창작과비평』은 민주화를 염원하던 진보적 청년, 지식인들에게는 정신의 양식과도 같은 잡지였는데 나는 대학 3학년이던 1979년 우연찮게 그 잡지에 짧은 글을 한 편 게재하는 기회를 얻었다. 당시 '창비'는 지면 말미에 직전 호에 대한 독자들의 촌평과 독후감들을 게재하는 독자투고란을 두고 있었다. 그런데 그해 여름방학 중인 어느 날, 학과 선배 한 분이 '창비'에서 1979년 여름호에 실린 만해 한용운 특집에 대한 독자촌평을 쓸 만한 필자를 찾고 있는데 내게 한번 써보지 않겠느냐는 제안을 해왔다. 그래서 나는 아마 원고지로 한 10매 정도 되는 촌평을 투고했는데 그것이 1979년 가을호에 실리게 되었던 것이다. 그런데 그해 겨울 어느 날 당시 '창비'의 편집을 책임지고 있었던 문학평론가 염무웅 선생이 사무실로 한번 찾아와달라고 나에게 연락을 해왔다. 나는 영문을 몰랐지만 어쨌든 당시 종로 네거리에서 안국동 쪽으로 올라가는 공평동의 일조각 출판사 건물 한 켠에 세 들고 있는 창비사로 그분을 찾아갔다. 비좁은 사무실 책 더미 옆에서 나를 만난 염무웅 선생은 내게 기한은 충분히 줄 테니 김수영론을 한번 써서 보내지 않겠느냐고 했다. 아마도 '창비' 편집진에서 가을호에 실린 내 투고문을 읽고 비평가로서 얼마간 재능이 있다고 보아 내게 김수영론으로 본격 등단을 제안해보기로 한 모양이었다. 나는 당시엔 우상과도 같았던 '창비'가 나 같은 약관의 대학생에게 관심을 가지고 '원고 청탁'을 했다는 사실이 믿기지 않았지만 어쨌든 생각해보겠노라고 일단 약속을 드리고 집으로 돌아왔다. 그러나 나는 그 약속을 지키지 못했다. 유신체제는 몰락했지만 곧이어 신군부세력이 쿠데타로 권력을 잡고 광주학살을 자행하는 등 격동의 그 시절에 내게 평론 한 편을 쓸 시간이 날 리가 없었다. 나는 1980년 겨울, 신군부세력에 대항하는 교내 시위와 연루되어 경찰에 구속되었고 1983년이 되어서야 다시 세상에 나올 수 있었기 때문에 그 약속은 본의 아니게 아득한 세월 저편의 일이 되어버렸다.

그런데 왜 염무웅 선생은, 아니 '창비'는 그때 내게 하필 김수영론을 써보라고 했을까? 꼭 여쭙고 싶었지만 어쩌다 보니 여태 그 질문을 못 드린 채 40년 넘는 세월이 흐르고 말았다. 아마도 그 무렵 시집과 산문집의 연이은 간행을 통해 김수영이라는 거목이 모습을 막 드러나고 있는 상황에서 '창비' 쪽에서는 김수영에 대한 비평적 조망이 필요하다고 보던 중에 기왕이면 '신진기예'에게 그 일을 맡기기로 했고, 과분하게도 그 기회가 나에게 주어졌던 것이 아닌가 싶다.

그때 이후로 김수영은 내게 더욱 각별한 존재로 다가오지 않을 수 없었다. 내가 감옥살이를 하던 1981년 김수영의 시와 산문이 전집으로 간행되었고, 책이 나오자마자 지금의 아내는 내게 바로 그 전집 두 권을 보내주었다. 그때 나는 비로소 김수영이라는 존재의 전 영역을 본격적으로 탐사할 수 있게 되었고 약속을 했으나 쓰지 못했던 김수영론의 얼개를 만들어 볼 수 있게 되었다. 하지만 1983년에 세상에 나오고 1985년 평론가로 등단을 하고 나서도 나는 정작 김수영론을 바로 쓰지 못했다. 그 무렵은 이미 민중문학의 시대였고 그 시대에 김수영은 우선적인 과제는 아니었다. 김수영을 이해하는 데 있어서 민중의 문제는 매우 중요한 주제이기는 했지만 급진적 민중문학의 구성이 더 선차적 과제라고 생각했던 당시 상황에서 급진적 자유주의자 김수영은 넘어서야 할 존재이거나 아니면 대면하기 불편한 존재였다.

내가 다시 김수영과 정면으로 마주하고, 염무웅 선생과의 옛 약속을 이행할 수 있게 된 것은 1995년, 그를 대학원 석사학위 논문 주제로 설정하면서였다. 「김수영의 '현대성' 인식에 관한 연구」라는 제목으로 상재된 그 논문은 김수영의 문학과 생애를 아우르는 필생의 과제는 시와 삶과 한국 현실에서 이데아로서의 모더니티를 획득하고 이행하는 것이었다는 관점에서 그의 생애와 시/산문 전체를 꿰뚫어 보고자 한 시도였다. 이후 2002년 『김수영, 근대를 향한 모험』이라는 제목의 단행본으로 출판된 이 논문은 한편으로는 김수영의 문학과 생애를 총체적으로 이해하고자 한 야심적 시도였지만, 또 한편으로는 급진적 변혁운동으로서의 문학이 불가능해진 1990년대 중반의 상황에서 곤경을 겪고 있던 나 자신을 김수영이라는 가차 없는 자기반성의 화신에 기대어 다시 일으켜 세우고자 하는 시도이기도 했다.

물론 그것으로 나와 김수영의 관계가 끝난 것은 아니다. 2008년 김수영의 40주기를 맞아 나는 그의 다수의 미발표 원고들을 접하고 이를 정리하면서 「김일성만세」와 같은 작품을 세상에 선보이는 행운을 얻기도 했고, 그 이후 이영준, 노혜경, 임동확, 김응교, 박수연, 고봉준 등 동료 시인 평론가들과 함께 김수영연구회를 결성하여 사후 50년이 넘어도 식을 줄 모르는 김수영에 대한 애정과 관심을 '김수영학'이라는 이름으로 체계화해야 한다는 내 생각을 더 많은 사람들과 공유하고 실천하는 일을 시작하기도 했다.

　김수영은 우리 문학사에서 삶과 시와 혁명을 하나의 동일체로 인식하고 실천했던 유일한 시인이다. 그렇기 때문에 그의 문학은 우리에게 시와 혁명과 인간의 삶이 하나로 합쳐지는 기적 같은 날이 닥쳐오기 전까지는 끝나지 않는다. 그의 죽음으로 그의 문학은 과거완료가 되지 않는다. 그의 문학을 제대로 이해하고 사랑하는 사람이라면 그의 뒤를 이어 다시 또 그 기적 같은 날이 올 때까지 혁명을 하듯 자신의 문학과 삶을 살아내야 함을 깨닫게 된다. 그게 바로 김수영의 생명력의 비밀이다. 나는 시를 쓰지는 않지만, 시를 쓰는 마음으로 평론을 쓰고 세상을 바라보려 노력한다. 그것은 김수영에게서 배운 것이다.

　그것만이 아니다. 그의 괴까다로움과 심약함, 포로수용소를 통과하며 삶의 밑바닥을 본 자의 끔찍한 고통, 설움, 정치적 과격과 소심, 소시민적 삶에 따르는 세속적 타협과 그에 대한 자학, 일상과 대결하는 리얼리즘 충동과 이를 일거에 뛰어넘고 싶은 시적 초월의 유혹……그의 삶과 문학이 지난 이 모든 굴곡과 모순 앞에서 그는 무섭도록 솔직했다. 나는 그의 이 솔직함을 내 삶의 거울로 내 깊은 내면의 벽에 걸어두었다. 그리고 내가 바로 이러한 굴곡과 모순의 순간을 지날 때

　　　　　　　　　　　　　　　　먼 곳에서부터

마다 그 거울을 들여다보며 나를 다시 일으켜 세우곤 했다. 그러므로 아마도 내가 제정신을 가지고 살고 있는 동안에는 나는 때로는 사표로서, 때로는 타산지석으로서 나는 그를 공부하고 그와 서로의 깊은 내면을 나누며 살아가게 될 것이다.

.

....

다시 시인으로 돌아오는 길에 그가 있었다

> 마른 풀을 밟고 지나올 때, 잘린 내 목에서 흐른 피가 불이 되
> 어 내 발자국 지난 자리를 불살랐다 이빨이 풀잎마다 돋아나 모
> 든 뒤꿈치를 노렸다
>
> —「강으로 가기」중에서

*

김수영에게 시를 청탁한 잡지나 신문이 없었다면 그는 어떻게 살아 냈을까. 시인이란 일종의 천형이요 운명이니 혼자 읽을 시를 바위에 라도 새겨놓았을까? 껍질에 시를 문신한 달걀을 생산하는 양계장의 신비로운 일꾼 노릇을 하며 살았을까? 어쩌면 안 썼을까?

이런 말 안 되는 질문을 해보는 까닭은, 김수영을 매개로 한 나 자 신의 문제 때문이다. 김수영은 의용군으로 갔다가 거제리 포로수용 소에서 석방된 전력을 지닌 불온한 자였으므로 반공주의가 국시 수준

이던 50~60년대에 살기가 얼마나 수고로웠을까. 나는 김수영처럼 결정적으로 불온했던 적은 없었지만, 나를 적대적으로 알아보는 사람 많은 시절을 한동안 보냈다. 두 번째 시집을 낸 뒤 오랫동안 나는 문학판을 떠나 살았다. 세 번째 시집을 낸 다음엔 노골적으로 문학판에서 밀려나는 경험도 했다. 세상을 위해 할 일이 있었노라고 믿어서지만 그 세상이 나의 일을 필요로 한 것인지를 지금 와서는 알 수가 없다. 슬프게도 누가 나를 시인이라 기억해주는 것 같지도 않았고 시를 싣자고 말해주는 매체도 없었으며 쓰고 싶다는 갈망과는 별개로 시를 왜 써야 하는가를 회의하며 살았다. 등단을 해서 시인이라는 직함을 공식적으로 사용할 자격을 획득했음에도 끊임없이 "쟤가 시인이래"라는 조롱을 받기도 했다. 나는 어릴 적부터 시인 말고는 다른 어떤 존재도 되고 싶지 않았는데, 아이러니한 일이다. 양계장을 하던 김수영을 본받으려던 것은 아니지만, 한동안 비누를 만들어 생계에 보태기도 했으니까 이만하면 평행우주다, 라고 주장해도 되잖을까.

참 얼척없는 소리다. 정치적으로는 불우했을지 몰라도 김수영은 당대의 가장 주목받는 시인이자 담론 생산자의 일원이었고, 나는 담론 생산 그룹에 발은 걸치고 있었지만 시인으로서는 무명에 가깝다. 하지만 인연은 시인인 내가 시인인 김수영을 마음의 스승, 아니 시적 엄마로 모셨다는 것만으로 충분하지 않은가. 나도 김수영의 고난처럼 세상에 살며 세상에서 쫓겨난 자의 고달픔을 절절하게 느낀다고 주장하고 싶고, 그로써 특별한 인연이라고 우기고 싶은가 보다.

먼 곳에서부터

*

이렇게 거창하게 글머리를 시작은 했는데 실은 이 글을 쓰는 일에 나는 계속 실패를 하는 중이다. 우선은 연전 김수영 50주기 헌정 산문집 『시는 나의 닻이다』(창비, 2018)에 내 사춘기를 지배한 김수영 이야기를 한번 좌악 쓴 적이 있고, 그 글에 나오지 않는 남은 김수영과의 인연은 정리해서 이야기하기 상당히 어렵다. 그래도 억지로 정리해보자면, 나는 시 공부를 김수영과 더불어 한 셈이라, 역시 그를 나의 시적 엄마라고 불러야 할지도 모르겠다. 그래서 공부 이야기를 하는 수밖에 없겠다.

첫머리에 인용한 시는 내가 대학 들어간 다음 쓴 시로부터 파생한 것이다. 그 시의 제목은 아마 「풀의 발바닥을 밟으면서」였던 것 같다. 하지만 기억나는 구절도 거의 없고 이미지와 모티브만 남아서 맴을 돌았다. 누운 풀들이 날을 세운 들판을 허둥지둥 걸어가는데 내 뒤꿈치를 풀의 이빨이 노리고, 나는 그 발을 못 버려 발바닥을 자꾸 뒤집는다는 이미지다. 눈치채셨겠지만 그 시는 김수영의 풀로부터 파생된 또는 환유한 것이다. 먼저 눕고 먼저 일어서며 마침내 우는 풀. 나는 왠지 그 풀이 무서웠나 보다. 그 풀의 들판에 던져진 내가 탈출을 하려고 걷고 또 걷는다는 시였는데, 어디로 가버렸는지 미완성인 채로 사라졌다. 그러다가 네 번째 시집 『말하라, 어두워지기 전에』의 첫머리에 들어와 앉았다. 그 「풀」.

대학 3학년 때 나는 학과 세미나에서 "김수영의 시 「풀」과 시의 주술성"이라는 제목의 발표를 했다. 김춘수의 자장 안에 있던 우리 학교 문학회는 김수영과 초현실주의, 김수영과 모더니즘 등의 공부에 열을 올렸고, 김수영과 참여, 김수영과 정치라는 주제도 인기 있는 것이었다. 그런데 나는 다소 생뚱맞게도 주술성을 연구해보겠노라고 했다. 어느 평론가인지는 잊었지만 김수영 시의 반복적 리듬이 주술적인 힘을 행사한다고 쓴 글을 보고 번개를 맞은 것이다. 주술적인 힘! 빛이 있으라 하니 빛이 있었도다! 주술과 기적과 창조주의 창조를 헷갈린 것 같기는 하지만 어쨌든 나는 김수영의 시에 존재를 발생시키는 힘이 있다고 어렴풋이 느꼈고 그 느낌을 이론적으로 정립해보고 싶었던 것이라고 회상한다. 그 발표문을 지금은 찾을 수가 없으니 그랬으리라는 짐작밖에. 만약 내가 그때 하이데거를 좀 일찍 읽었더라면, 그래서 "시인이 여기가 신전이라고 바위에 이름을 붙여주면 신을 찾아와서 살아주신다"라고 말할 수 있었다면 그 발표에서 지금도 얼굴이 달아오를 만큼 왕창 깨졌다고 기억하진 않을 수 있었을 텐데. 하여간 나는 엉뚱하게도 시의 주술성을 말 그대로 샤머니즘의 주술성과 혼동을 했다. 인접성과 유사성에 기대어 초자연적 존재를 불러내는 능력 말이다. 물론 이 혼동엔 나름의 사연은 있다.

『신곡』을 나는 초등학교 6학년 때 번안한 산문으로 읽었다. 당시 자유교양경시대회라는 일종의 독후감 대회가 있어서 학년마다 필독서 4권씩이 배정되었는데, 목록에 이름난 고전들이 많이 끼었다. 완역본은 아니고 축약한 책들이다. 단테의 『신곡』도 그중 하나였다. 축약이

든 아니든, 신곡 첫머리에 등장하는 어두운 숲과 길을 잃고 헤매다 늑대의 습격을 받는 장면은 오랫동안 기억에 남았다. 그 어두운 숲을 대학생이 되어 다시 만났다. 프레이저의 『황금가지』에서였다. 이 책의 첫 장은 숲의 왕이라는 표제를 달고 있다. 네미 산정 호숫가 달의 여신 디아나의 숲속에는 나무 한 그루가 있었고 그 나무 주변을 한 남자가 밤이고 낮이고 칼을 들고 배회한다고 했다. 시인 단테가 길을 잃었던 숲과 디아나의 숲 사이에 어떤 유사성을 느꼈는지 모르지만 나는 종종 그 두 숲을 뒤섞으면서 떠올리곤 했다. 단테는 베르길리우스의 인도로 지옥으로 들어감으로써 숲을 벗어날 수 있었고 디아나 숲속의 남자는 죽임을 당함으로써 숲을 벗어날 수 있었다. 두 장면의 유사성이라곤 '죽음을 통과하다'라는 것밖에 없는데 왜 나는 저 두 장면이 같다고 늘 상기했던 걸까. 그러다 「풀」을 읽었을 때 단테가 베르길리우스의 환영을 만난 것처럼 그 시에서 풀의 밀림을 만난 것이다. 먼저 눕고 먼저 일어서는 풀을 이기지 못해 허둥지둥 달려가는 나의 발바닥과 풀에 베어 먹히는 발뒤꿈치를 본 것이다.

이만하면 시의 주술성을 이야기할 만하지 않은가. 그런데 좀 더 공부를 한 다음 생각해보면 내가 정말로 이야기하고 싶었던 것은 주술성이 아니라 초월성이었던 것도 같다. 김수영 시의 종교성 또는 초월성. 다른 말로 신비. 성스러움. 리얼리즘 시나 전통적 서정시들이 그려내 보여주는 현실공동체의 삶을 넘어서서 또는 바닥을 파고 들어가, 김수영식으로 말하면 무의식 또는 그림자를 움켜잡는 언어의 힘.

내가 늘 강렬하게 끌리는 김수영의 언어들은 그림자를 거느리고 있다. A를 말하며 동시에 B를 환기하는, 경유하여 지시하는 것이 아니라 동시에 환기하는 그것은 테크닉이 아니라 에너지다. 하지만, 풀을 저항하는 민중의 상징으로 읽어내던 사람들에게 나의 발표는 생뚱맞다 못해 한심하게 여겨졌나 보다. 나는 시라는 것의 본령이 이런 주술성 또는 초월에 있다고 믿은 사람인데, 내가 틀려도 완전 틀렸나?

그렇더라도 나의 시적 엄마 — 시인인 나를 낳은 엄마를 곰곰 생각해보면, 믿거나 말거나 소월과 지용, 수영과 종삼이라고 정직하게 말해야 한다. 나를 기른 시의 보모들은 많지만 — 내 문학적 여정의 고비고비마다 등장하는 김수영 때문에 또는 덕분에 나는 시인 아닌 그 무엇도 되고 싶지 않은 마음을 내가 나서서 설명할 필요가 없다고 느끼고 있다. 이미 김수영 있잖아.

나는 내가 시인 아닌 그 어떤 존재도 아니라고 생각하고 있고, 그를 샅샅이 알지 못할수록 김수영과 나는 닮아간다. 그를 공부하고 알게 되면 될수록 나는 그로부터 독립을 하는 것이고. 그의 시를 읽는 동안은 나는 그의 자식, 그의 산문을 읽는 동안 나는 그의 자매, 그리고 그의 시와 산문을 공부하는 나는 그의 저격자이다. 저격자가 되고 싶다. 나는 이따금 운명론자이고 신비로운 하늘의 뜻 이런 걸 믿고 싶어 한다. 그런 뜻에서, 내 인생의 어떤 고비마다 김수영이 출현하는 것에 의미 부여를 하고 싶다.

  고립되고 유배된 자로서 나를 느끼던 무렵, 페이스북에서 그룹 초대를 받았다. 김수영연구회라는 그룹이었다. 가입한 것도 아니고 안 한 것도 아닌 채로 어느날 소풍을 갑시다, 라는 공지를 보았다. 김수영 문학기행을 가자는 것이었다. 2015년 6월이었다.

  임동확 시인을 필두로, 김응교, 이민호 시인 등 김수영연구회의 기둥인 시인들과 도봉산국립공원에 있는 시인의 시비를 찾았다. 거기서 이야기보따리가 터진 일행은 다음 일정을 미루고 "나에게 김수영은 누구인가"를 주제로 긴 이야기를 나누느라 나머지 일정은 훗날을 기약해야 했다. 나는 그다음부터 김수영연구회에 본격 합류해서 한 달에 한 번씩 모여 그의 시와 산문을 공부하기 시작했다. 이 모임은 책도 여러 권 내면서 지금도 계속되고 있거니와, 여기서 만난 시인, 평론가, 학자들은 지금 내 삶의 든든한 울타리라 해도 과언이 아니다. 김수영이라는 중심을 두고 모인 사람들 사이에 많은 것을 서로 양해하고 포용하는 일종의 공동체의식이 발생한 셈이다. 사회로부터 운명처럼 고립되어 살았던 김수영이 나에게 다시 사회를 만들어주었으니 이런 것이 죽은 시인의 사회일까.

  이 모임이 김수영과 나의 가장 중요한 인연이다. 이때쯤 나는 현실정치에 지쳐 있었지만 김수영을 중개자로 하여 세상을 사랑하는 힘을 다시 조금씩 회복했고, 여혐시인 김수영 바람에 시대의 한계에 갇힌 인간, 그러면서 자기 시대를 뛰어넘는 인간의 복잡한 내면을 이야기할 용기를 얻었다. 이 용기는 앞으로도 좀 더 많이 필요한 용기이고, 김수영만이 아니라 자기 언어가 자기 인간을 뛰어넘어버리는 많은 시인들을 좀 더 깊이, 좀 더 절절히 들여다볼 열정은 또는 사랑은, 앞으로도 좀 더 많이 간구해야 할 사랑이다. "소음이 번성하다 남은 날"(김수영, 「여름밤」)의 사랑처럼.

....

자유에 섞여 있는 피의 냄새

문학을 잘 알지 못하는 나에게 김수영 시인 탄생 100주년 기념 산문을 쓸 기회가 주어진 것은 순전히 나의 아버지인 신동엽 시인과 김수영 시인이 한국문학사에서 차지하는 긴밀한 위상 때문일 것이다. 1960~70년대를 청장년으로 살아낸 많은 사람들의 기억 속에 두 사람은 이른바 '참여 시인'으로 나란히 각인되어 있을 터인데, 이것이 내가 이 글을 쓰게 된 이유라는 것이다.

돌이켜보면 2018년은 김수영 50주기였고 2019년은 신동엽 50주기였다. 또 2021년은 김수영 탄생 100주년이고 2030년은 신동엽 탄생 100주년이다. 그래서 2018년 나는 김수영 50주기를 유심히 바라보며 2019년을 준비했고, 이제 2021년 김수영 100주년을 유심히 바라보며 2030년을 마음속에 그려보려고 한다. 이런 태도가 다소 얄밉게 느껴질지 모르겠지만, 앞에 가는 누군가가 있으므로 마음이 편안해지는 것은 인지상정 아니던가?

백낙청, 구중서, 염무웅, 김종철 선생 등 많은 평론가들이 두 분을 나란히 언급해왔고 이 때문에 두 분이 개인적으로 깊은 친분을 가진 것으로 오해하는 사람들이 종종 있지만, 두 사람은 생전에 그리 가까운 사이는 아니었고 살아온 과정이나 문학적 성향 모두 크게 달랐다. 많은 사람들의 인상 속에도 한 사람은 '도회인'의 이미지로, 한 사람은 '촌사람'의 이미지로 새겨져 있는 것을 보면 두 분의 스타일 차이를 쉽게 느낄 수 있을 것이다. 나에게 새겨져 있는 이미지로 보자면 김수영 시인은 '지자요수(知者樂水)', 아버님은 '인자요산(仁者樂山)'에 딱 어울리는 격이라 하겠다.

물론 두 분이 생전에 교류할 기회가 많지 않았다는 것은 중요한 포인트는 아니다. 살아 있는 동안의 교류가 무슨 큰 의미가 있겠는가? 멀리 있으면서도 존중하고 서로 다르면서도 상찬을 아끼지 않으며, 서로 다름을 넘어서서 앞서거니 뒤서거니 전선(戰線)에 함께 나서는 그런 관계가 더 멋진 것 아닌가? 수년 전 부여에 있는 신동엽문학관을 방문한 김수영 시인의 부인 김현경 여사는 김수영 시인이 신동엽 시인의 시를 읽고 흥분한 모습으로 달려와 극찬했던 장면을 생생하게 기억하고 있었다. 또 아버님이 1968년 『한국일보』에 실은 김수영 시인을 위한 조사(弔辭) 「지맥 속의 분수」를 보아도 두 사람의 정신세계가 얼마나 밀접하게 연결되어 있는지를 확인할 수 있다.

이 같은 두 사람의 관계는 1980년대 나의 어머니인 인병선과 김수영 시인의 여동생 김수명 씨의 교유로 이어졌고, 지금은 부인 김현경 여사와 신동엽문학관의 교류로 이어지고 있다. 2018년과 2019년 나란히 50주기를 넘기면서 두 분은 아마도 저 하늘 어디선가 지상에서 나누지 못한 많은 정담을 나누었을 것이다. 그리고 올해 2021년을 맞이하면서 아버님은 지금쯤 9년 인생 선배인 김수영 시인의 100회 생일을 마음으로부터 크게 축하하고 계실 것이다.

두 사람의 공통점은 아버님이 김수영 시인을 위한 조사 「지맥 속의 분수」에 쓴 것처럼 "커다란, 사슴보다도 천 배, 만 배 순하디 순한 눈동자"를 공유하고 있다는 사실에서만이 아니라 몇 개의 역사적 사건에 대한 공동전선의 정치적 입장에서도 뚜렷이 드러난다. 두 사람은 4·19 혁명의 정신을 가장 선진적으로 갈파했고, 난폭한 군사독재 치하에서 한일협정 반대운동에 드러내놓고 앞장섰으며, 참여–순수논쟁에 온 생명력을 쏟아부었다.

특히 마지막이 중요한 것 같다. 김수영 시인은 1968년 세상을 떠나기 전 이어령 씨 등과 참여–순수논쟁을 가열하게 벌였고, 아버님은 돌아가시던 그해 그달인 1969년 4월 『월간문학』에 게재한 「선우휘 씨의 홍두깨」를 통해 참여–순수논쟁의 제2막을 위한 미완성의 포문을 열었다. 아버님은 좀처럼 흥분하지 않는 성격이었으나, 당시 친구분들의 회고에 의하면 참여–순수논쟁에 대해서만은 걷잡을 수 없는 분노를 자주 표출했다고 한다. 돌아가신 것이 4월 7일인데, 4월호에 「선우휘 씨의 홍두깨」 원고가 실린 것을 보면 이것이 생전에 마지막으로 스스로 발표한, 어쩌면 유서 같은 원고일 것이다.

두 사람이 한 해를 사이에 두고 잇달아 세상을 떠난 데 대해 구중서 선생이 "서로 닮은 형제가 한 끈에 끌려 어디엔가로 떠나버린 것 같은 감을 준다."고 말했을 때 그 '한 끈'은 윤재걸 시인이 「평전 : 한반도의 민족시인」에서 지적했듯이, 참여-순수논쟁에서 밑바닥 본질을 드러낸 '한국의 지적 풍토에 대한 절망'이 아니었는지 하는 생각이 드는 것은 억측일까? 군사독재의 폭력과 침탈에 저항의 펜을 벼르던 이들이 지성을 가장한 내부의 총질에 대한 분노로 밑으로부터 무너진 것은 아니었을까?

이렇게 아버님과 특별한 관계를 가진 김수영 시인은 내 인생에도 적지 않은 영향을 미쳤다. 이유가 어쨌든 서로 나란히 언급된다는 점에서 철없던 어린 시절의 나에게 김수영 시인은 마치 질시의 대상 혹은 경쟁자와 같이 느껴지기도 했다. 아버님이 돌아가시고 어려운 가정 형편에 민족시인의 장남이라는 칼끝 같은 자존심으로 소년기를 보냈는데, 국어 수업 시간에도 선생님들은 김수영의 시를 종종 언급했지만 아버님의 시는 금기였고, 1974년 출판된 김수영 시집 『거대한 뿌리』는 어느 서점에서나 쉽게 구할 수 있지만 1975년 출판된 『신동엽 전집』은 80년대 초까지 판매금지에 묶였다는 사실 때문에도 어린 마음에 상처가 되었던 것이 아닌가 싶다. 물론 이 어처구니없는 질시와 경쟁심의 저변에는 뿌리 깊은 동질감 같은 것이 은연중에 도사리고 있었을 것이다.

1970~80년대 이 땅의 대다수 젊은이들과 마찬가지로 나도 조금은 문학청년이었고 또 조금은 조국의 미래를 걱정하는 열혈청년이기도 했기에 두 분이 나에게 미친 영향은 적지 않았다. 1978년 대학에 들어간 때를 전후한 시기를 돌이켜보면 나에게 아버님의 시는 너무 멀고 어려웠고 김수영의 시가 더 가까이 다가왔던 것 같다. 당시 나는 시집 『거대한 뿌리』를 겨드랑이에 끼고 술집에 드나들었으며, 시 「푸른 하늘을」을 입에 달고 살았다. "……자유를 위해서/비상하여 본 일이 있는/사람이면 알지/노고지리가/무엇을 보고/노래하는가를/어째서 자유에는/피의 냄새가 섞여 있는가를/혁명은/왜 고독한 것인가를……"

그랬다. '자유에 섞여 있는 피의 냄새.' 김수영의 시는 조세희의 『난장이가 쏘아올린 작은 공』, 최인훈의 『광장』과 더불어 70년대 말 나의 대학시절 초년기를 온전히 지배했다. 말하자면 김수영의 시는 나에게 소년기에서 청년기로 넘어가는 길목이었던 셈이다.

그로부터 얼마 후 광주민중항쟁과 더불어 1980년대가 시작되었을 때 비로소 나는 아버님의 시세계로 걸어 들어갈 수 있었다. 이슬비 오는 날 「종로5가」에서 길을 묻는 '낯선 소년'의 이미지는 '피의 냄새가 섞이지 않은 (개인적인) 자유를 누리고 있는' 나의 내면에 깊게 각인된 부채의식을 자극하여 나를 학교로부터 노동현장으로 이끌었고, 노동현장에는 「진달래 산천」이며, 서사시 「금강」을 감격스럽게 외우는 선배들이 기계기름 찌든 얼굴로 깡소주를 마시며 '농민가', '노동혁명가'를 부르고 있었다.

그곳에서 만난 선배들은 나에게 막걸리를 권하면서 기름기 번질거리는 나의 모습을 탓했고 치열한 부채의식의 자극을 받은 나는 그로부터 한 달 만에 김수영 시인의 생전 모습처럼 형편없이 야위고 꺼칠한 모습으로 등장하여 비로소 그들의 세계에 접근할 권한을 인정받을 수 있었다. 결코 잊을 수 없는 1980년대다운 장면이다.

그렇게 노동현장을 오고 가며 나는 다시 김수영의 「풀」을 만날 수 있었다. "……풀이 눕는다/바람보다도 더 빨리 눕는다/바람보다도 더 빨리 울고/바람보다 먼저 일어난다……" 수차례에 걸친 피의 혁명으로 장식된 20세기 후반을 넘어서서 지금도 우리 민중의 삶과 온전하게 겹쳐 보이는 '자유에 섞여 있는 피의 냄새'와 '바람보다 더 빨리 울고, 바람보다 더 빨리 일어나는' 풀의 이미지는 시인 김수영의 현재적 의미를 되새기게 할뿐더러, 2021년 지금 저 멀리 양곤과 만달레이의 굶주린 길거리에서 군부독재에 맞서 투쟁하고 있는 미얀마 민중의 고통과 열정을 가슴 깊이 느끼게 한다.

그래서 김수영은 60이 넘은 지금의 나에게 여전히 '젊음'이다.

먼 곳에서부터

이명원

....

김수영의 비평적 태도

한국의 현대문학사에서 김수영은 유력한 문학사적 참조틀로 거론되곤 한다. "시적 영향에 대한 불안"(해럴드 블룸)이라는 개념을 차용하면, 한국의 현대시인들은 시를 쓰면서 한두 번은 김수영으로부터의 영향 문제에 대해 고민하지 않은 사람은 없을 것이다. '김수영풍이다'라는 표현은 어떤 영광의 표지로 기능할 가능성이 높지만, 반대로 김수영 시의 어법이나 기술을 흉내 내다 보면, 고유한 자기의 시세계를 상실할 가능성이 매우 크다.

좀 과장되게 표현하자면, 한국의 현대시는 김수영을 읽으며, 김수영과 싸우면서, 김수영을 넘어서기를 꿈꿨다고 볼 수 있다. 시적 리얼리즘이나 모더니즘, 혹은 서정시의 근거를 묻는 여러 시론과 시적 실천들이 거듭되어왔지만, 만일 김수영이라는 현대시의 거울이 없었다면, 시인들의 방황도 제법 긴 시간 지속되었을 확률이 높다. 그런 점에서 오늘의 시인들에게 김수영은 명백한 시적 전범 혹은 전통의 상징으로 인식되고 있으며, 그러면 그럴수록 김수영에의 영향과 이탈과 극복의 상반된 힘들이 시인의 자아 안에서 상호침투하고 갈등을 빚어내는 풍경을 종종 발견하게 되는 것이다.

그런 김수영이었기에 나 역시 한국의 현대시를 한 사람의 비평가로서 사유하는 과정에서 그에 대해서 종종 생각했다. 김수영 시의 매력은 무엇일까? 그가 시와 산문을 써내려가는 생애사적 경로에서 보여주는 설움, 분노, 저항, 체념, 환멸 같은 정념들은 그만의 것이 아니다. 역사적 맥락은 다르지만, 한 시대의 어두운 장막과 그 안에 깃든 문학의 가짜 전형성을 찢고자 하는 모든 문인에게는 일종의 메트로놈처럼 그의 문학에 반복되고, 또 그런 가운데 스스로의 문학적 모색을 촉진하게 만드는 거울이기 때문이다.

김수영의 시와 비평을 읽어내려 가면서, 나는 그가 한국의 현대시를 비추어볼 수 있는 '외부'를 끝없이 찾고 있다는 것을 드물지 않게 발견했다. 물론 나 역시 '외부'를 자주 생각한다. 몇몇 연구자들에게서 논의된 바 있지만, 김수영의 시를 경향적으로 규정한다면 '사회적 모더니즘'이라 말할 수 있을 것이다. 시와 언어의 '기술'을 강조하되, 김수영 당대의 용어로 표현하자면 '즉물주의'(감각적 표면)에 함몰되지 않고, 변모하는 현대적 호흡을 염두에 두면서도, 그것에 미달된 후진국 지식인으로서의 양가감정 혹은 내면적 분열성을 크게 드러내는 태도는 한국의 현대시라는 '내부'에서, 영미시나 일본시와 같은 '외부'를 그가 끝없이 참조한 데서 나타나는 현상일 것이다.

달리 말하자면, 시인이자 비평가로서의 김수영은 문학사가 있다면, '한국문학'이라는 국민문학 혹은 민족문학에서의 시적 성취의 문제가 아니라, 세계문학 안에서의 비교문학적 관점을 끝없이 상기하면서 자신의 문학적 작업을 지속해 나갔다고 볼 수 있다. 그런 김수영이었기에 '사라지는 매개자'의 역할을 했던 박인환의 시작 행위를 매섭게, 아니 야멸차게 비난할 수 있었을 것이고, 신동엽에게서는 거꾸로 새로운 시적 가능성을 기대할 수 있었을 것이다. 이러한 시야는 어디에서 왔나? 아마 일본어와 영어를 통해 세계문학의 대조가 가능했던 '번역'이라는 작업이 중요했을 것으로 보인다. 그의 「일기초」와 같은 시작노트를 보면, 한 편의 시를 일본어로 쓴 이후 그것을 한국어로 바꾸는 작업이 간혹 드러난다. 영어로 시와 비평을 읽고 번역을 하는 작업 역시, 김수영의 시작 행위에서는 중요한 창작 실천상의 조건이었다. 김수영에게 한국어는 숱한 정치적 압력뿐만 아니라, 신변상의 불안을 상기시키는 냉전과 반공주의를 여과 없이 뿜어내는 억압적 공기였다. 그럴 때면, 그는 일단 일어나 영어로 시의 단서가 되는 착상들을 노트에 기록하고, 어느 정도 완성이 되면 그것을 한국어로 바꾸는 식의 작업도 했던 것으로 보이는데, 특히 정치적으로 예민한 당대 소련이나 북한의 문학에 대해 의문과 관심을 피력할 때, 이러한 무의식적인 이중언어에 기반한 창작이 나타난다.

그런 점에서 내가 가장 안타깝게 생각하는 것은 김수영이 처해 있었던 냉전적 시대의 한계가 그의 시나 비평을 좀 더 급진적으로 밀고 나갈 수 있는 가능성을 제약했다는 점이다. 이른바 '불온시'를 불가능하게 하는 노골적으로 억압적인 반공정권 아래서, 서랍 속의 불온시를 생각하는 것은 역시 안타까운 일이다. 그런 김수영을 향해 이어령 같은 신예 비평가가 그 불온시가 뭐냐? 라고 추궁하는 일이 김수영 입장에서는 철없는 문단의 '공안검사'의 언어처럼 보였을 수도 있지 않을까 생각한다.

그나마 김수영의 한국문학에 대한 '대화적 언어'를 가능케 했던 것은 한국의 문단이 아니라, 일본 쪽에서 날아온 재일 매체『한양』의 존재였던 것 같다. 특히 김수영은 장일우의 비평에서 많은 공감을 얻은 것 같다. 이른바 '순수시'와 '참여시'라는 비평적 범주 아래서 장일우는 한국의 현대시가 보여주고 있는 현실 개입의 한계에 대한 여과 없는 비평을 보여주었다. 김수영은 장일우의 비평에 양가적으로 반응했다. 그가 한국의 순수시와 참여시 모두에 대해 보여주는 입장에 대해서는 동의할 수 있지만, 마치 '서랍 속의 불온시' 논쟁에서와 비슷하게 한국의 시인들과 비평가들은 말하고 싶어도 말할 수 없는 정치적 압력 속에서 시작 행위를 하고 있는데, 이를 장일우는 간과하고 있다는 사실이 그것이다. "채찍질"이라는 표현을 사용하면서, 장일우에게 이런 정치적 맥락에 대한 고려를 요청하는 김수영의 태도는 이례적으로 겸손해 보인다.

물론 우리가 이후의 한국문학사에서 확인한 바대로 김수영이 처해 있었던 정치적·문학적 이율배반 상황은 신동엽을 거쳐 이후 김지하에 이르러서 일단 시적 극복의 계기를 얻는다. 나는 김지하의 시적 실천 역시 김수영에게서 상당 부분 영향을 받았다고 생각한다. 시간대를 더 늘리면 김수영의 야멸찬 어조가 양식화되어 폭발한 것은 김남주에 이르러서였다고도 생각한다.

그러니까 김수영 자신은 개인적·시대적 모순 속에서, 마치 고무줄처럼 시와 현실의 한계를 뚫고 나가려다 제자리로 돌아오는 일이 반복되었지만, 이후의 한국문학사는 이 고무줄을 아예 끊어버리는 시인들을 산출할 수 있게 되었던 것이다. 김수영이 장일우의 비평에서 얻은 뜨거운 공감과 반발력 모두는 시대 속에서 '지양'되었던 것으로 볼 수 있다.

비평가로서의 김수영에 대해 생각할 때 나는 두 가지 문제에 대해 생각하게 된다.

첫째는 시인·비평가를 겸업했던 김수영과 전문직 비평가로서의 나의 비평적 태도에는 어떤 거리가 있다는 발견이다. 김수영의 산문을 읽어보면, 그와 시대를 함께했던 비평가들에 대해서는 별다른 관심이 없었던 것으로 보인다. 반대로 시인들에 대해서는 애증을 정직하게 표현했다. 김수영은 자신의 시에 없는 새로운 가능성을 보여주는 작품을 발견하게 되면, 그 즉시로는 평론을 쓸 수 없다고 고백한다. 자신의 시가 해당 시인의 시보다 높은 수준에 도달했다는 자신감이 생겼을 때에라야 사심 없는 비평의 붓을 들 수 있었다는 것이다. 이것은 비평을 전업으로 하고 있는 나와 같은 비평가에게서는 찾을 수 없는 태도이자 정직성이다.

둘째, 비평가로서의 김수영은 비평담론을 대개의 비평가들이 생각하는 것처럼 '논리적 구축' 혹은 '이론적 체계화'로 생각하지 않았다. 비평을 쓸 때조차 김수영은 시인으로 사유하고, 시인으로 환호하고, 시인으로 절망했다. 그런 점에서 보면 김수영의 숱한 비평들은 자기고백의 '시론(詩論)'으로서의 성격을 띤다. 그가 타인의 시를 읽는 것은 자기의 시를 되돌아보기 위한 행위이다. 김수영의 시론은 논리적 구축이라는 관점에서 봐야 하는 것이 아니라, 시인의 사상과 정념의 개진이라는 표현주의적 관점에서 감응해야 한다. "시는 온몸으로 온몸을 밀고 나가는 행위다"와 같은 문장은 비평가의 언어라기보다는 시인의 정념 쪽에 가깝다. 그것은 시작 행위에 참가하는 시인의 절박한 태도를 보여주지만, 구체적으로 그것이 어떠한 창작 방법론으로 이어지는가에 대한 논리적 해명은 생략되어 있다는 점에서 일종의 아포리즘의 형태를 띤 시적 선언이다.

비평가로서의 위에서 피력한 김수영의 비평적 태도에서 깊은 인상을 받았고, 시인들과는 다른 방식이지만 나의 비평을 김수영이라는 거울에 자주 비춰보곤 한다.

임동확

풀은 더러 바람에 움직이지 않는 놈조차 있다
— 김수영 탄생 100주년에 부쳐

'바람이 동쪽에서 분다고 해서 모든 풀들이 일제히 서쪽으로 흔들리는 것은 아니다'. '더러 아예 움직이지 않는 놈들조차 있다.' 지난 1986년 마지막 학기의 대학 4학년으로서 내가 고향 근처의 중학교에서 교생 실습 중일 때였다. 문득 나는 운동장 가에 서 있던 미루나무 이파리를 지켜보다가 내심 회심의 미소를 지었다. 김수영의 시「풀」을 떠올리면서였다. 모두가 '풀'이 민중의 혁명적인 움직임을 의미한다고 의심 없이 믿고 따르는 시대 속에서였다. 나는 의당 그 반대편 쪽으로 움직이리라는 나의 생각과 달리, 어떤 이파리들의 경우 아예 움직이지 않거나 되레 바람 부는 쪽으로 기우는 것을 보면서 김수영의 '풀'의 이미지를 넘어설 지점을 발견했다고 생각했다. 그러면서 나는 그때 '바람보다 늦게 누워도' '먼저 일어나'는, '늦게 울어도' '먼저 웃는다'는 김수영의 '풀'의 조건반사적이고 인과론적인 운동성을 반격할 거점을 찾았다고 확신한 바 있다.

제2시집 『살아있는 날들의 비망록』(1990)에 실려 있는 시 「외로운 단수형의 풀잎 하나」는 그렇게 탄생했다. 당대의 문학계와 주변의 문학 지망생들이 여전히 김수영의 '풀'을 민중적이고 혁명적인 상징으로 보며 동시대인의 사랑을 한몸에 받고 있을 때, 나는 그로부터 사오년이 흐른 후 "풀"이 "신기하게도/더러 바람에 움직이지 않는 놈조차 있다"라고 써 내려갔다. 그러면서 나는 "그것이 순풍이든 역풍이든 간에/그것이 복수형의 신앙에 대한/온몸의 풍자든 반동이든 간에/바람보다 늦게 누워도 먼저 일어나고/바람보다 늦게 울어도 먼저 웃는 걸 거부"하고 있다고 덧붙인 바 있다.

그러니까 나는 당시 김수영의 「풀」이 지닌 역동성과 상징성에 주목하면서도, 그러나 '누움과 일어섬', '울음과 웃음'을 기계적이고 자동적인 반복성으로 이해하는 그의 '풀'에 대한 당대 인식들에 일정한 거부감을 갖고 있었다. 아니, 더 정확히 말하자면 그의 '풀'에 대한 당대의 일방적 해석에서 그 어떠한 예외도 일정하지 않는 파시스트적인 사고의 흔적을 찾아내고 있었다고나 할까. 나는 김수영이 '풀'이 작용과 반작용 속에서 일사불란하게 움직이는 민중을 나타내는 것이라면, 그 민중은 아무런 주체성도, 인격적 자립성도 갖추지 못한 존재일 수밖에 없다고 생각했다. 설령 백번 양보해 만일 '풀'이 일사불란하게 움직이는 '민중'을 상징한다고 하자. 하지만 바로 그 순간 김수영의

먼 곳에서부터

'풀'은 일체의 개인적 자립성을 허용하지 않는 억압적인 집단주의를 대변하는 것은 아닐 것인가?

돌이켜보면 무모하고 부끄럽지만, 나의 시 「외로운 단수형의 풀잎 하나」는 이런 점들을 염두에 두면서 결과적으로 수동적이고 집단적인 주체로 격하시키고 있는 김수영의 '풀'을 능동적이고 적극적인 주체로 복귀시키고자 했다. 시대적이고 집단적인 움직임 속에서도 동시에 미세하게 떨리는 주체의 자율적인 권리 또는 고유성의 움직임을 강조하려 했던 게 나의 시라 할 수 있다.

그렇듯이 어느 순간 내가 시적 스승이자 내가 걸어가야 할 삶의 전범으로 삼은 시인 김수영은 무조건적인 숭배의 대상이 아니었다. 내가 문단에 등단하기 이전에도, 이후에도 나의 시적 이정표이면서도 한편으로 그는 내가 반드시 넘어서야 할 거대한 벽이었다. 예컨대 또 다른 증거의 하나가 김수영 시인의 대표 시 가운데 하나인 「폭포」에 대한 나의 대결의식이다. 나는 '폭포'를 소재로 한 나의 시 「얼어붙은 폭포」(제4시집 『벽을 문으로』), 「구성폭포」(제6시집 『나는 오래전에도 여기 있었다』), 「폭포」(제8시집 『길은 한사코 길을 그리워한다』)를 통해, 한사코 '떨어'지는 데 급급한(?) 그의 '폭포'에 대해 도전장을 던지며 궁극적으로 그의 시 「폭포」를 넘어서고 했다. 시종일관 위에서 아래로 '무서운 기색도 없이' 격렬하게 낙하하는 김수영의 '폭포'를 의식하면서 동시에 그걸 필사적으로 넘어서고자 했던 나의 의지가 반영되어 있는 게 이러한 일련의 작품들이다.

구체적으로 나는 먼저 「얼어붙은 폭포」를 통해 "무엇을 향해 떨어진다는 의미도 없이" "쉴 사이 없이" "가장 빠른 속도로 추락하는" 김수영의 "폭포"는 때로 "가파른 정신의 빙벽으로 직립"할 수 있다고 반격했다. 또한 「구성폭포」를 통해서 나는 "취할 순간조차 마음에 주지 않은" 채 "높이도 폭도 없이/떨어"지는 김수영식의 일방적인 하강의 '폭포'와 달리 "겨울폭포"의 정경을 통해 "살아 솟구쳐 오르다가 더러 얼음기둥이 되어" 우리 앞에 현시될 수 있음을 보여주고자 했다.

그렇다고 내가 김수영의 시 「폭포」에 일종의 상승 내지 창조의식에 맞물려 있는 니체식 '몰락에의 의지'가 반영되어 있다는 것을 간과한 것은 아니다. 하지만 그것이 자칫 잘못 해석될 때 "한사코 하나" 될 수 없는 어떤 "중심을 고집"을 옹호하는 것으로 귀결되는 것은 아닌지 반문하면서, 나는 "걸핏하면 하나의 목포 또는 신앙을 강요하고 설득해온" 역사의 폭력성을 고발하고자 했다. "하나의 가치로 결집될 수 없"는 인간의 가치와 삶의 다양성을 드러내고자 했던 시가 내가 가장 나중에 쓴 나의 「폭포」였던 셈이다.

이러한 김수영을 통해 내가 가장 먼저 배운 것이 있다면, 우선 이른바 정실(情實)이나 친소관계에 좌우되지 않는 그의 글쓰기다. 예컨대 그는 먼저 친구이자 문학적 라이벌 관계였던 박인환 시인에 대해 서슴없이 자신이 "가장 경멸한 사람"(「마리서사」) 중의 한 명이라고 말한다. 그리고 이는 생전에 함께 어울리며 서로 영향을 주고받은 사이였던 것을 감안하면 매우 냉혹하고 몰인정한 평가다. 평소 가족 간에도

먼 곳에서부터

친밀한 관계를 유지했던 소설가 김이석을 평가하는 자리에서도 마찬가지다. 그는 김이석을 추도하는 글에서 가차 없이 그가 자기 사상을 제대로 펴지 못한 "선천적으로 소시민적인 작가"(「김이석의 죽음을 슬퍼하면서」)라고 평가한다. 비록 평소 긴밀하고 호의적인 사이였을지라도, 사사로운 인정이나 인간관계에 끌리지 않는 것이 그의 글쓰기의 특징의 하나다.

하지만 내가 볼 때, 그런 김수영은 단지 타인에게만 엄격했던 시인이 아니다. 어쩌면 "죽음과 가난과 매명(賣名)"의 "문제"(「마리서사」)를 생의 과제로 삼았던 그는 그 자신에게 더 가혹하고 엄격했던 시인이다. 예컨대 페미니스트들의 공격 대상이 되어 있는 시 「죄와 벌」에서 그는 "우산대로/여편네를 때려눕"힌 후 "집에 돌아와서/제일 마음에 꺼리는 것"은 "아는 사람이/이 캄캄한 범행 현장을/보았는가 하는 일"이라고 말한다. "아니 그보다도/먼저" 더 "아까운 것"은 다름 아닌 자신의 아내를 때려눕힌 "지우산을 현장에 버리고 온 일"이라고 한번 더 강조한다. 그리고 이것만으로 볼 때, 분명 그는 영락없이 비인간적이고 패악적인 인물에 불과하다.

하지만 다른 각도에서 생각해보면, 그는 자신의 잘못된 행위를 일체 변호하거나 미화하려 들지 않는다. 그러기는커녕 자신의 아내에 대한 잔학성과 가학성을 더욱 부각시킨다. 어쭙잖은 자기 처벌이나 양심의 가책보다는 차라리 자신의 위선과 패악을 있는 그대로 드러내기를 택한다. 어디 그뿐인가. 그는 어느 소도시의 유곽에서 오입을 해본 일이 있는데, 거기서 만난 여인이 반절하며 들어오는 모습이 퍽 좋게 보였다(「내실에 감금된 애욕의 탄식―여성의 욕망과 그 한국적 비극」)고 고백하고 있다. 또는 그는 한 창녀촌에서 하룻밤을 지내고 나온 아침에 등굣길에서 만난 여고생을 더 순결한 눈으로 바라볼 수 있다(「반시론」)고 태연히 실토한다.

후배 시인으로서 내가 김수영을 결코 넘어설 수 없다고 생각하는 지점은 바로 이 지점이다. 나는 한국문학은 물론 세계문학사에 그 유례를 찾아보기 힘든 그의 무서운 고백과 정직성에서 그 어떤 알 수 없는 절망감을 느낀다. 무엇보다도 나는 자신의 아내가 아닌 창녀와 섹스를 하고 "와서" 그걸 모면하고자 자신의 "여편네"(「성(性)」)와 의무적으로 잠자리를 하는, 매우 부도덕하고 비상식적인 모습을 과감히 보여주는 치열하고 준엄한 내면적 그의 용기에서 그 어떤 종교성을 느낀다. 김수영의 시와 행위에 대한 윤리적인 판단이나 도덕적인 평가에 앞서, 나는 자신의 행동에 대해 이만큼 과감하게 까발릴 수 있는 작가라는 사실 하나만으로도 그는 내가 앞으로도 도저히 넘을 수 없는 벽일지 모른다고 생각하고 있는 중이다.

자신이 살고 있는 시대와 역사의 방관자보다 그것들과 온몸으로 대결하길 두려워하지 않았던 김수영은 단연 내게 그렇다. 지난 6년여간 '김수영연구회'에서 그의 시와 산문을 읽고 토론하면서 새삼 확인한 바지만, 그는 "한 번 더 고비를 넘을 수도 있"지만 "그만큼/지독하게 속이면 내가 곧 속고"(「성(性)」) 마는 자기 기만의 세계를 극도로 경계한 시인이다. "아무것도 안 속였는데 모든 것을 속"인 죄를 가리키는 '하마타르(hamatar)', 곧 의도치 않은 속임수조차 반성하고 또 반성하면서 "한 가지" 작가적 양심을 "안 속이려고 모든 것을 속"(「거짓말의 여운 속에서」)인 선배 작가 중의 한 명이다. 나는 자신을 속이거나 타자를 기만할 수 없는 양심의 움직임 또는 시적 윤리에서 발원하는 시세계를 통해 우리 앞을 병풍처럼 가로막으며 우뚝 서 있는 시인이 김수영이라고 굳게 믿고 있다.

누군가 그런 '김수영이 도대체 어떤 시인이냐?' 묻는다면, 나는 그가 다름 아닌 자신의 "온 정신"이 바로 "대한민국의 전 재산"(「꽃잎」)이라고 자부했던 시인이었다고 자신 있게 말하고 싶다. 결코 순탄치 않았던 개인과 가족사의 고난과 시련, 그리고 무엇보다도 이승만·박정희로 이어진 독재정치체제와 뒤틀린 한국현대사 속에서도 '온몸'으로 또박또박 "광휘에 찬 신현대문학사"를 빛낼 "시"(「이 한국문학사」)들을 써 내려간 시인이며, 어떤 식으로든 앞서가는 서구 "문명에 대항"하기 위해 "자신이 문명" 자체가 "되"(「미스터 리에게」)고자 했던 열린 세계적 지성의 소유자이었다고 강조하고 싶다. 그러면서 나는 이른바 후진국 시인이자 지성인으로서 뒤처진 현실을 직시하면서 "세계사의 전진과 보조를 같이"(「시작 노트 2」)하는 "멋진 세계의 촌부(村夫)"(「시작 노트 2」)를 꿈꾸었던 시인이 바로 김수영이었다고 덧붙이고 싶다.

김수영은 마치 유언처럼 불의의 교통사고로 타계하기 두 달 전에 "시는 문화를 염두에 두지 않고, 민족을 염두에 두지 않고, 인류를 염두에 두지 않는다. 그러면서 그것은 문화와 민족과 인류에 공헌하고 평화에 공헌한다"(「시여, 침을 뱉으라」)고 절규한 바 있다. 나는 물론 동시대의 뜻있는 청년들은 이러한 김수영의 불굴의 시정신과 한낱 문학의 범주를 넘어서 세계인식에 빚진 바가 결코 적지 않다. 오늘의 한국 민주주의와 문화(학)적 역량과 성숙은 당대 한국인에게 주어진 공동체적 운명을 피하기보다 꿋꿋하게 맞섰던 그의 역사적 선택과 결단을 통해, 나와 우리는 그와 함께 마침내 '거대한 뿌리'의 발견과 더불어 "인간의 심장에는 하등에 다를 것이 없"(「들어라 양키들아—쿠바의 소리」)다는 세계 보편적 인류애에 도달할 수 있었다고 굳게 믿고 있다.

제3부

남기선

....

나는 오늘 김수영 시인을 만난다

나는 주로 시를 낭송하고 시극 공연과 시낭송 수업을 진행하는 시낭송 작가이다. 대부분 시낭송은 비교적 정제되고 아름답게 표현된 감성적인 시를 주로 선택하여 낭송하게 된다. 듣는 이들을 우선 생각하여 상황에 필요한 시를 낭송하다 보니, 아름다운 언어와 따뜻한 위로가 있는 시로 감동을 전하게 되고, 강의도 주로 그러한 시를 선정하여 수업하게 되는 일이 다수를 차지한다. 그런 부류의 시에 익숙하던 내가 김수영 시를 만나 공연을 하면서 적잖이 놀랄 수밖에 없었다. 아름다움과는 거리가 멀어 보이고 때론 거칠고 자조적인 시도 상당수 발견하면서 시낭송의 리듬을 더하니 격렬해지기까지 한 것이다.

때론 「봄밤」같이 격조 있으면서도 리듬이 착 붙어서 낭송하기 좋은 시도 있고, 「푸른 하늘을」 같은 시는 낭송하면서도 무엇인가 전부를 내걸고 선언을 하는 느낌에 도달하면 스스로 김수영이 되어 갑자기 당당해기도 한다. 시낭송은 작가의 성향이 그대로 잘 나타나게 운율에 맞춰 입소리를 통해 밖으로 나오는 일종의 시 연극이다.

또한 그의 시 「거대한 뿌리」를 보자면 "나는 아직도 앉는 법을 모른다"로 시작하여 당시의 온갖 세상사를 비판하고 거론하며, 끝내는 내가 내 땅에 박는 굳은 의지 '거대한 뿌리'는 한강 철근다리도 솜털에 불과하다고 단정 짓는다. 그러고 싶을 따름이지만, 그는 썩어빠진 대한민국의 몰락을 막을 든든한 뿌리를 생각하는 것이다. 그것도 확신에 찬 의지를 격렬하게 토해낸다. 과연 거인 김수영이 포효처럼 쏟아내는 답답한 대한민국의 현실 극복을 위한 그의 사관(史觀)을 이해하게 되는 이유다.

이 시를 여성 낭송가가 낭송하는데 조금은 민망한 시어들이 곳곳에 튀어나오지만, '아― 시란 이런 것이구나' 하고 처음 느껴본 김수영은 진정 위대하였다.

역사는 아무리/더러운 역사라도 좋다/진창은 아무리 더러운 진창이라도 좋다/나에게 놋주발보다도 더 쨍쨍 울리는 추억이/있는 한 인간은 영원하고 사랑도 그렇다

—「거대한 뿌리」 부분

그야말로 절창이 아닌가. 이 시를 낭송할 때면 나는 저절로 민족을 위한 투사가 된다. 아무리 더러운 역사라 할지라도, 그 지나온 길은 어쩔 수 없는 우리의 길, 나의 길이었으니 비록 진창길인 우리의 역사가 그렇다 할지라도 좋다는 절규다. 그러나 쨍쨍하던 우리 유구한 역사도 있었으니, 그 추억이 있는 한 우리 역사도 영원하고 그 사랑도 그렇다는 김수영은 우리 민족의 위대한 시인이라 생각한다.

　이러니 어느 누군들 김수영에 반하지 않을 수 있으랴. 그가 자주 주정(酒酊)과 폭력을 행사했다는 얘길 듣고서도 소위 '나쁜 남자'에게 더 매력이 더 있다는 속설을 여기서도 느낀다.

　시낭송의 매력은 활자로 앉아 있던 시어들이 갑자기 들고일어나 펄펄 뛰어오르는 감격을 느낄 수 있어, 시낭송 공연을 해본 사람만이 느낄 수 있는 희열이다. 낭송하는 순간 온몸은 감동의 도가니로 몰입하고 머릿속은 선뜩해지며 온몸이 굳어지는 짜릿한 쾌감이 바로 관객들에게까지 전달되어 함께 호흡하며 공감을 불러 일으킨다. 시낭송 할 때만큼은 내가 주인공이며 김수영이 되는 것이다. 내가 울면 관객도 울고, 내가 희열을 느끼면 관객은 쾌락을 느낀다.

　언젠가 김수영의 시 「어느 날 고궁을 나오면서」를 낭송한 적이 있었다. 이번에는 도리어 거칠게 내닫는 '날것'의 속도감에 쾌감을 더하게 되었다. 이것은 아마도 거대하게 둘러싼 부조리는 해소도 못 한 채, 현실에 흡수되며 살아가는 소시민의 가냘픈 목소리조차 내지 못하는 무기력한 자화상에 분노한다. 격렬하게 와닿는 시어들은 '왕궁의 음탕', '기름 덩어리', '설렁탕', '사상과 표현의 자유', '야경꾼', '옹졸한 나의 전통' 등 증오와 분개를 느끼는 시어들로 가득하다. 특히 김수영 시인의 언어는 날것이어서 좋다. 그의 의식은 평범에 속하지 않고 야생성이며 현실에 머무르지 않으며 힘세고 굳세다. 또한 왕성하고 치열해서 좋다. 그런데 여러 번 읽어가면서 암송을 해보니, 나도 모르게 속이 터지며 찬물을 한 바가지를 시원하게 끼얹은 듯 시원함을 느끼게 된다. 어렵지 않은 시어들과 눈이 환해지는 속도감 때문이리라 생각한다.

이 시를 다시 바라보니―

왜 나는 조그마한 일에만 분개하는가?
저 왕궁 대신에 왕궁의 음탕 대신에
50원짜리 갈비가 기름 덩어리만 나왔다고 분개하고
옹졸하게 분개하고 설렁탕집 돼지 같은 주인 년한테 욕을 하고
옹졸하게 욕을 하고
…(중략)…
그러니까 이렇게 옹졸하게 반항한다
이발장이에게
땅 주인에게는 못하고 이발쟁이에게
구청 직원에게는 못하고 동회 직원에게도 못하고

야경꾼에게 20원 때문에 10원 때문에 1원 때문에
우습지 않느냐 1원 때문에

바람아 먼지야 풀아 나는 얼마나 작으냐
정말 얼마큼 작으냐……
모래야 나는 얼마큼 작으냐

아마 누구나 한 번쯤 느낄 만한 일들에 대해 김수영은 시로서 평범한 우리의 입장을 딱 막아서 대변해준 느낌이다. 불합리하고 갑갑한 세월을 또 다른 시선으로 울분에 차 신명 나게 토설하게 하고 있으니 말이다. 혹시 김 시인이 '자왈 군자 화이부동하고 소인 동이불화니라 (君子 和而不同 小人 同而不和)'란 구절을 마음 깊이 의식하고 쓴 것은 아닐까. 결국 이 시의 원천은 우리 스스로 화이(和而)하지 못하고 결핍의식에 따른 불화(不和)를 염두에 두고 시로 표현코자 한 것은 아닐까 하는 자의적 해석을 잠시 해본다.

요즘 정치 뉴스를 보며 어찌할 수 없음에 분노하며 땅을 치는 우리의 모습을 보는 듯 애틋한 공감을 갖기도 하기 때문이다. 부조리한 현실을 접하면서도 저항도 비판도 하지 못하며, 20원 때문에 10원 때문에 1원 때문에, 작은 문제로 분노하는 나 자신의 모습이 투영되어 여러 번 읽고 또 읽으면서 시인과 같은 공감대를 이룬다.

이 시를 처음 읽었던 날의 나는, 둔기로 머리를 한 대 맞은 그런 느낌이었다.

이건 뭐지?

이렇게 대놓고 쏟아부어도 되는 건가?

아름다운 서정시에만 익숙해 있던 터라 불편하다는 생각에 그만 책을 덮고 말았다.

시대와 현실에 불합리를 몸으로 느끼면서도 아무래도 절정에서는 조금은 비껴갔나?

고상한 시어에만 편안하게 안주해 있던 나로서는, 거친 시어와 급히 몰아가는 분위기에 정체 모를 불편함을 느끼며, 제대로 시의 깊이를 살펴보지도 않고 한켠으로 밀어놓은 채 오랜 시간이 흘러갔다. 그러고는 한참 후에야 다시 그를 만나게 된 것이다.

김수영 시인의 시를 새로이 읽게 된 후, 김 시인의 여러 편의 시를 묶어 시극으로 각색하여 무대에 올리는 작업을 하게 되었는데, 여러 시를 나누어서 연속으로 낭송을 해보니, 비로소 그가 꿈꾸던 세상의 그림이 그려지는 것을 느꼈다. 바닷가 해풍에 말리는 생선처럼 꾸덕꾸덕한, 그러나 아찔하고 쫄깃한 경험을 하게 하는 김수영 시인의 문장은 참으로 특이하고도 아름다웠다. 그럴 때마다 가슴속에서 설명할 수 없는 그 격정이 자꾸 솟아오르는 것과 무언가 뜨겁게 분출하는 지사적 의지가 낭송 중에 내재돼 있음을 알게 됐다. 그의 시를 여러 편 낭송해보면 안다. 그가 얼마나 열정적이고 자기애가 충만하다는 것을– 그건 아마도 시대와 공간은 다르지만 시세계에서 불합리한 현실을 깊이 공감하면서, 운율에 따라 들려오는 입소리는 감동을 더해주기 때문이라고 생각한다.

역시 인간은 듣기와 보기를 동시에 작동할 때, 공감력이 높아진다는 것을 느낀 좋은 경험이었다.

어느 날, 공연(김수영 시극) 무대가 끝난 후 김 시인의 부인이신 김현경 여사를 만나게 되었다. 공연 만남을 계기로 얼마 후 여사님이 댁에 초대를 해주셨다. 그전에는 가까이에서 뵐 기회가 없었는데, 모두 사랑하는 거인 김수영 시인의 부인이신 김현경 여사는 고령임에도 너무나 화사한 모습에 놀라고 한편 부럽기도 하였다. 더구나 온 집안의 깔끔한 살림살이와 미술관 같은 풍경은 평소 다른 곳에선 보지 못한 고급 인테리어 감성이었다.

또한 당시에 그 연세를 가늠할 수 없을 만큼 피부도 고우시고 그 눈빛이 너무나 생생해서 모두 놀랐다. 이 연세에 저런 미모를 간직할 수 있다니–.

하얀 눈이 소복이 쌓이던 그 겨울날, 창밖에 내리는 눈을 한참이나 바라보시다 김 시인의 추억을 이야기할 때면 꿈꾸는 듯, 그 모습은 마치 사랑에 빠진 소녀의 모습 그대로였다. 김수영 시인과의 운명적 만남과 수많은 에피소드, 나는 경험하지 못했던 그때의 시대 상황이며 문학작품으로만 대하던 우리 문단의 대표적인 문인들과의 만남에 대한 이야기를 어찌나 생생하게 들려주시는지, 마치 내가 1950년대에 사는 듯하였다.

또한 놀라운 것은 한참이나 어린 우리보다도 더 또렷한 기억력으로 날짜까지 짚어가며 설명해주실 때에는, 온갖 금기와 허위의식을 깨뜨리기 위해 좌충우돌하는 김수영 시인을 눈앞에서 보는 듯한 착각을 일으키게 하였다.

끝으로 김 여사가 "김수영 시인의 부인으로 살아가는 것이 무한 영광이며 행복을 느낀다"라고 얘기하는 구순 연세의 그 모습은 김수영을 위한 여정 그 자체였다.

늦은 시간에(?) 만난 우리들과의 만남이 더 의미 있고 좋은 인연으로 이어지길 기대하고, 특히 건강하시길 간곡히 기원하면서, 항상 꿈을 꾸듯 영롱한 눈빛을 가진 김현경 여사님을 곁에서 더 오래도록 뵐 수 있길 소망한다.

박홍점

....

낡아도 좋은 것은 사랑뿐이냐[1]

1999년 초가을이었다. 우리 가족은 집 앞에 초 · 중 · 고교가 있고 꽤 큰 서점이 있는 동네에 살았다. 늘 철없는 어미였던 나는 그때도 보름 전부터 내 생일이 언제이니 알고는 있어라, 귀뚜라미 울음소리 같은 말을 했을 것이다.

사실 초등학교 2학년, 5학년 아이들이 무슨 선물을 준비하겠는가? 종이로 만든 안마 쿠폰이나 심부름 쿠폰이 전부일 텐데 그래도 아이들에게 어떤 식으로든 어미 대접을 받고 싶은 마음이 있었던 거 같다.

그러나 일상은 늘 분주했고 나 또한 내 생일을 잊어버리고 말았는데 2학년짜리 아이가 생일선물이라며 방과 후에 뭔가를 내밀었다. 포

---

1   김수영 시 「나의 가족」에서 빌려옴.

장지 안의 그것은 노트이거나 책이라는 것은 포장을 풀지 않아도 알 수 있는 것이었다.

그것은 김수영의 시집 『거대한 뿌리』, 일그러진 김수영의 얼굴이 표지 중앙에 들어가 있는 3쇄 개정판이었다. 서점의 수많은 책들 중에서 어떻게 시집을, 그것도 김수영 시집을 선물로 사 왔을까? 놀라지 않을 수 없었다. 아니 어떻게 시집 살 생각을 했을까?

아홉 살 아이를 붙잡고 한껏 고양된 나는 두서없는 질문을 했다. 노란 티셔츠와 줄무늬 바지를 입고 내게 내밀던 그 녀석의 작은 손은 아직도 눈에 선하다. 얘기인즉, 엄마에게 줄 선물은 본인이 고민 끝에 책으로 정했고, 무슨 책을 사야 할까 하는지는 내가 자주 가는 서점 주인에게 물었다는 것이었다(*"우리 엄마가 좋아할 만한 책이 뭐가 있을까요?"*).

내가 아이를 데리고 그 서점에 들렀는지는 기억나지 않는다. 그렇게 서점 주인의 추천을 받은 마음 뭉클한 『거대한 뿌리』는 그날 이후 내 책장 한가운데 가장 잘 보이는 곳에 꽂혀 있다.

그때만 해도 동네 서점이 꽤나 붐비던 때인데, 신간 소설도 아니고 수필집도 아니고 출판사가 팔아보겠다고 띠를 두르고 눈에 잘 보이는 진열대 위 야심 차게 내놓은 책도 아닌데 서점 주인이 굳이 김수영 시집을 추천했다는 게 얼마나 기뻤던지? 나의 지적 수준 내지는 독서 함량을 평가받는 기분이 들어서 오래 흐뭇했다.

다시 김수영을 읽는다. 창문을 활짝 열어두고 이제는 현관에 두 켤

레의 신발만이 오롯이 남아 입 다물고 있는 오후를 곁눈질한다. 가족 구성원이 여섯이었다가 넷이었다가 둘이 되기까지의 서른 몇 해가 지난 생의 일처럼 아득하기도 하고 장구한 느낌마저 든다.

고색이 창연한 우리 집에도
어느덧 물결과 바람이
신선한 기운을 가지고 쏟아져 들어왔다

이렇게 많은 식구들이
아침이면 눈을 비비고 나가서
저녁에 들어올 때마다
먼지처럼 인색하게 묻혀가지고 들어온 것

얼마나 장구한 세월이 흘러갔던가
파도처럼 옆으로
혹은 세대를 가리키는 지층의 단면처럼 억세고도 아름다운 색깔

누구 한 사람의 입김이 아니라
모든 가족의 입김이 합치어진 것
그것은 저 넓은 문창호의 수많은
틈 사이로 흘러들어오는 겨울바람보다도 나의 눈을 밝게 한다
— 김수영, 「나의 가족」 부분

수많은 책들 중에서 제일 먼저 눈에 들어오고 제일 나중까지 남을

책 한 권을 고르라면 그것은 역시 『거대한 뿌리』이다. 여행 중 찍은 많은 사진 중에서 아무리 멋진 풍경 사진이라도 인물이 없으면 언젠가는 지워지고 마는 것처럼 그날의 풍경 속에는 『거대한 뿌리』를 들고 환하게 웃던 나와 아홉 살짜리 앞니 빠진 사내아이가 있다.

어느덧 2021년, 김수영 탄생 100주년이 되는 해, 그날의 작은 손은 벌써 청년이 되었고 공교롭게도 올봄에 함께 뿌리내리고 손잡고 뻗어 갈 사람을 만나서 제 가정을 이루었다.

김수영의 말을 빌려 가족은 모든 가족의 입김이 합치어진 것이니 그리고 겨울바람보다도 그 입김은 눈을 밝게 할 것이니 함께 장구한 세월 일가를 이루고 아름다운 그림을 그리며 밝은 눈으로 살아가라고 등을 밀어 준다. "낡아도 좋은 것은 사랑뿐"이라는 사실을 알게 되는 그날까지…….

도취의 피안에 깃든 봄

    나는 취하며 살고 싶었다. 어느 날엔 못 먹는 술에 취하고 또 언젠가는 음정 못 맞추는 노래에 취하고 어느 때는 그림과 글씨에 취하고 한 번은 어느 전통무용 선생이 말하길 뻣뻣하기가 통나무보다 더하다는 내 몸으로 얼마간 춤에 취하고 싶어 안달했다. 그러나 아직까지 무엇에도 실컷 취하지 못하고 살아왔다. 그중에는 문학도 있었다. 예나 지금이나 시인들은 내게 늘 하늘 같다. 그 존재 중 한 분이 김수영 시인이다. 아니, 김수영 시인의 시다. 아니다. 대면하여 볼 수 없는 탓에 더욱 궁금하기 짝이 없는 김수영 시인의 삶과 제대로 못 읽어내고 있는 김수영 시인의 시다.

    내가 김수영 시인의 시를 만난 지는 어언 십 년을 훌쩍 넘겼다. 김수영 시인의 시 중에서 처음 외운 시가 바로 그 유명한 「풀」이었다. 그리고 아직도 제대로 외워지지 않는 시 또한 「풀」이다. 그다음으로 외운 시가 「폭포」 그리고 「봄밤」이다. 시낭송 공연을 앞두고 외워야 하는 상황에서 외운 거였다. 시를 읽고 또 읽고 읽다 보니 자연스럽게 외워진 것이 아니라 급히, 필요에 의해 외운 것이다. 그러니 시를 제대로 읽어낸 것도 아니고 읽어낼 수도 없었다 그럼에도 불구하고 김 시인의 시가 내게 주는 느낌은 사뭇 강렬했다. 김수영 시인의 시의 첫 느낌은 부드러운 강철, 일테면 굵은 철심으로 만든 거대한 용수철 같았다. 시를 만나고 나서 받은 그런 느낌은 십 년이 지난 지금도 여전하다. 나는 문학을 전공하지 않은 순수한 일반 독자이다. 일반 독자로서 시를 읽고 시에 대한 느낌을 적고 있을 뿐이다. 내가 생각한 김수영 시인의 시가 가지고 있는 탄성은 내가 헤아릴 수 없는 경지로 매우 넓고 높고 깊다. 그러니 나 같은 사람이 김수영 시인의 시를 단번에 제대로 읽어낼 수 없는 것에 대해 부끄러워할 필요가 없다는 말로 스스로를 위로한다.

나는 김수영 시를 읽을 때마다 늘 다양한 새로움을 발견한다. 우리들에게 시를 남겨놓고 시인은 다른 세계로 여행을 떠났으므로, 시인의 시는 다시 퇴고를 하여 새로이 쓰여지거나 달라지거나 하지 못한다. 시를 읽는 독자는 이미 완성되어 있는 시에서 스스로 새로움을 발견해내야 하는 것이다. 시를 읽을 때마다 그동안 찾아내지 못한 의미

먼 곳에서부터

들을 찾아가는 기쁨도 여간 즐거운 것이 아니다. 오롯이 시인의 시의 세계를 제대로 만날 때까지 긴 여정이 필요한 것이다.

시의 매력이 바로 그것이다. 짧은 글 속에 무궁한 의미들을 거대한 프레스로 압축시키듯이, 빈틈없이 뭉치고 누르고 조여놓은 것. 그것을 풀었을 때 공기가 자리를 찾아들어가며 미세한 부풀림이 차츰 팽창해가듯, 독자로 하여금 스스로 자신을 찾게 해주는 것이 시의 일이라 생각된다. 꽁꽁 숨겨놓은 고도의 숨은 그림을 찾아내듯이 독자가 시 속에서 의미를 찾아내는 것이 아니라, 독자로 하여금 자신 안에 감춰진 내면을 찾아가게 하는 과정이 시를 읽는 일이라는 생각을 해본다.

김수영 시인의 시를 읽을 때마다, 시가 내게 악마의 속삭임처럼 유혹과 채찍의 말을 속삭여 온다.

"나를 잘 알려면 네게 더 많은 시간이 필요할걸. 아니, 너 따위로는 네 생애를 다 바쳐도 불가능할지도 몰라. 그러니, 그냥 대충 읽고 넘어가. 아니면 내게 더 치열해지든가, 그렇지 못할 바엔 포기하는 게 빠를지도 모르지. 그래도 포기하기엔 아쉬움이 생기지 않을까. 기다려 봐. 네가 나를 가까이한 만큼 내가 너를 찾게 해줄게. 너 스스로 너 자신을 말야."

김수영 시인의 시는 나에게 손을 뻗어 내 소매 끝을 놓을 듯, 닿을 듯 늘 붙잡아 둔다. 절대 자신을 잊거나 떠나거나 하지 못하도록. 당겼다가 밀쳐냈다가 꿈에 나타났다가 잊혔다가 먼발치서 실루엣만으로 가슴을 설레게 했다가 코앞에 나타나 수려한 미모와 매력적인 눈빛을 쏘아 숨 막히게 한다. 마치 밀당을 즐기는 연애의 고수처럼 내가 무지렁이인 줄을 알아채고 나를 들쑤셔 잠 못 들게 하는 것이다.

개인적인 느낌이고 생각이지만, 김수영 시인의 시는 매우 연극적이다. 김수영 시인에 관한 논문을 읽어본 적이 없으므로 누군가 내 생각과 비슷한 이야기를 했는지 어땠는지 나는 모른다. 한때 연극에 몸담았었고 연극을 좋아하고 사랑했었다는 사실을 알기도 전에, 그의 시는 내게 극적인 시로 다가왔다. 그래서인지 나 혼자 있는 시간에 시를 소리 내어 읽게 되면 나도 모르게 연극의 대사처럼 읊고 있는 나를 발견하곤 한다. 떨어지는 폭포수에 얹힌 나뭇잎같이 그의 시의 힘에 내 목소리가 휩쓸려가는 상황이 전개되는 것이다. 그의 시를 낭송할 때마다 그의 시가 나를 조종하는 것 같다. 내가 그의 시를 낭송할 때 내 맘대로 연출할 수가 없다는 말이다. 나를 끌고 가는 그의 시에 반발하듯 내 맘대로 하고 싶어 가끔 돌아앉았다가도 강력한 자력 같은 힘으로 나를 제압하는 탓에 내 맘대로 시를 읽거나 낭송할 수가 없고 그저 시가 나를 이끄는 대로 (제대로 따라가지 못함에 답답함이 있다) 갈 수밖에 없다. 그것이 내가 느끼는 김수영 시인의 시의 가장 큰 특징이면서 매력이다. 또 한편으로 내가 다 표현해내기에는 너무 높은 산이다. 그래서 나는 김수영 시인이 더 궁금해진다.

나는 유독, 가을을 탄다. 가을만 되면 쓸쓸함이 지나쳐 우울해진다. 가슴에 바늘구멍 같은 것이 생기고 보일 듯 말 듯한 그 구멍이 차츰 커지기 시작하다가 결국 구멍은 커다랗게 뻥 뚫리게 되고, 그곳으로 서늘한 바람이 쏜살같이 헤집고 들어와 수시로 통과하며 바람 길이 나곤 하는 것이다. 쓸쓸하다는 단어가 머리카락 한 올 한 올에 달라붙어 바람에 날리며 온몸을 휘감는 느낌 때문에 가을이 오면 한차례 몸살을 앓는다. 타고나기를 외로운 사람으로 타고났는지도 모르겠다. 내가 유독 수다쟁이인 것도 외로움 때문이라고 내가 나를 변명하곤 한다.

그런데, 가을도 아닌 봄이 성큼 다가온 지금 때아니게 내가 외로워진 것일까. 요 며칠 나는 김수영의 시를 읽으며 그의 시에서 외로움을 발견한다. 「도취의 피안」을 반복해 읽을수록 조금 더 진한 외로움이 읽힌다. 시인이 살아가던 시대 상황이 시인을 외롭게 했을지도 모르고 동시대의 시인들이 시인을 외롭게 했을지도 모른다. 시인은 자신의 이상과 현실의 부조화에 외로웠을지도 모른다. 어쩌면 시인 스스로 외롭고 싶어 했는지도 모른다. 시인의 시에 가득했던 외로움은 무엇이었을까. 내 외로움을 가져다 시인의 외로움이라고 내가 억지를 부리고 있는 것인지도 모른다. 나는 그러고도 남을 미련과 어리석음을 내 속에 고이 간직하고 있으므로. 그럼에도 내가 느낀 시인의 외로움은 어디에서 기인한 것인지 자꾸 궁금해진다.

그 외로움에 대해 나는 몇 날 정도 생각하고 고민하다가 멀리 던져버렸다. 그것은 그의 것이 아니라, 내 것일지도 모른다는 생각으로 장막을 쳤다. 안개로 뭉쳐진 것 같은 그것의 실마리를 찾고자 하기엔 나는 봄을 팔아야 하는 바쁜 현실을 택할 수밖에 없었다. 봄 뜰은 나를 외로움에서 건져내기에 충분하고도 넘치므로.

나는 봄을 캐내며 김수영의 「봄밤」을 읊조린다. 그리고 혼잣말을 후렴처럼 웅얼거린다. 시인이 말하고픈 의미와 무관하게 나는 이른 봄날 아침, 꽃밭에 호미질을 하며 시인의 시어들을 꺼내 씨앗처럼 흙 속에 심는다. 다음은 내가 평소 자주 암송하며 즐기는 「봄밤」의 몇 구절이다. 그리곤 나름대로 음미해보는 일이다.

> 애타도록 마음에 서둘지 말라
> (그래. 애를 태우지 말자 애를 태운다고 해도 달라지는 것은 없지.)
> 강물 위에 떨어진 불빛처럼
> 혁혁한 업적을 바라지 말라
> (혁혁한…, 센 호미질에 눈도 못 뜨고 놀란 땅속의 굼벵이를 다시 파묻는다. 혁혁한… 혁혁한… 아무리 생각해도 이 시어는 나를 더 작아지게 만든다.)

먼 곳에서부터

개가 울고 종이 들리고 달이 떠도

너는 조금도 당황하지 말라

(당황하지 말자, 내게 어떠한 일이 닥치더라도 제발, 촌스럽게 당황하지 말자.)

술에서 깨어난 무거운 몸이여

오오 봄이여

(오오, 봄이여. 오오, 봄이여…. 아, 이 시는 나를 위한 시가 분명하구나.)

…(중략)…

재앙과 불행과 격투와 청춘과 천만인의 생활과

그러한 모든 것이 보이는 밤

(이 대목에서 나는 나도 모르게 김수영 시인의 사진 속 그 눈빛이 떠오른다.)

눈을 뜨지 않은 땅속의 벌레같이

아둔하고 가난한 마음은 서둘지 말라

(나는 늘 이 구절을 반복한다─눈을 뜨지 않은 땅속의 벌레같이 아둔하고 가난한
마음은 서둘지 말라─ 나는 이 문장이 정말 좋다. 서둘지 말라. 서둘지 말라, 아둔하
고 가난한 마음은 서둘지 말라. 눈을 뜨지 않은 땅속의 벌레같이… 그리하면 실수가
적으리라.)

애타도록 마음에 서둘지 말라

절제여

나의 귀여운 아들이여

오오 나의 영감(靈感)이여

(오오 나의 영감이여, 나의 영감이여.)

역시 처음부터 끝까지 감동의 연속이다. 요즘 나는 김수영 시만큼

은 억지로 외우지 않기로 굳게 마음먹었다. 시를 가까이하다 보면 경계가 허물어지는 순간이 오리라. 그때 자연스레 외워지게 되는 때를 기다리기로 하였다. 관계는 억지로 맺는 것이 아니라 맺어지는 것이라는 걸, 살아오면서 어설프게나마 깨달았다고나 할까. 오는 인연도 가는 인연도 마음먹은 대로 되는 게 아니라는 걸 늦게나마 알았다. 문득 김수영 시인의 시와 그 관계를 맺음에 있어 잘 맺고 싶은 순수한 욕심 같은 것이 생긴 것이다. 미미한 짝사랑으로 시작한 사랑이 세월 속에서 열렬해지고 내 인생의 나중에는 완성된 사랑으로 맺어지고 싶은 것이다. 김수영 시인이 가진 지성과 사회적 관심과 섬세함과 자상함, 자유와 평등, 전쟁과 평화, 관습의 타파와 아이 같은 순수와 역사적 사명과 시인의 사랑에 대해. 그리고 그 외의 모든 것들에 대해 천천히 알아가고 싶은 것이다.

가끔 김수영 시인의 아내이신 김현경 여사님을 뵌다. 일 년에 몇 번쯤. 어느 때는 여사님께서 초대할 때도 있고, 어느 때는 여사님께 나눠드릴 것이 있어서, 어느 때는 화단의 꽃을 한 줌 꺾어서는 그 핑계로 찾아뵙기도 한다. 그럴 때마다 여사님은 늘 반가워하시며 따뜻하게 맞아주신다. 별것 아닌 것들도 소중하게 받아주신다. 그리고 그걸 또 소중하게 오래도록 간직하신다. 그래서 여사님 댁에 다시 가면 지난번 들렀던 나의 흔적을 발견하곤 한다. 그게 뭐 그리 대단한 일인가 하고 말할지도 모르지만, 나는 그 마음이 그리 소중할 수가 없다. 한

먼 곳에서부터

줌의 산국을 꺾어다 드렸을 때에도 여사님은 거의 다음 해 여름이 지나서까지 간직하면서 내가 댁에 방문할 때마다 산국의 향기를 이야기해주신다. 다른 여러 사람에게도 산국을 꺾어주었지만 그들은 채 시들기도 전에 버리는 것이었다. 시들어가는 한 줌의 꽃의 쓰임이 사람마다 하늘과 땅 차이로 나타난다. 그것을 전해준 사람은 당연히 소중하게 생각해주는 사람을 더 사랑할 수밖에 없는 것이 인지상정 아닌가. 김현경 여사님을 뵐 때마다 나는 존경심이 절로 난다. 어느 날은 찾아온 손님들 앞에 늘 단정한 모습이신 여사님께 한 말씀 올렸다.

"여사님, 늘 이렇게 곱게 단장하고 계신 모습에 절로 고개가 숙여져요. 전 그렇지 못해요. 귀찮기도 하고 게으르기도 하고요"

내 말에 여사님이 눈을 반짝이시며 단호하게 대답해주셨다.

"이쁘게 하고 살지 않으려면 뭐 하러 살아!"

그날 이후로 존경심에 더불어 여사님을 사랑하는 마음이 부쩍 더 커졌다. 올해로 95세라는 물리적 나이에 절대 무릎을 꿇지 않으시는 김현경 여사님을 사랑하지 않으면 누굴 사랑하랴.

아, 나는 그날 이후부터 게으름을 피우다가도 여사님 말씀이 죽비처럼 내 등을 내리치는 경험을 종종 하고 있다. 그때마다 정신을 차려보려고 엄청 노력한다. 아무리 그래도 여사님 발끝에도 미치지 못하지만, 조금 흉내라도 내보고 싶다. 흉내를 내다 보면 조금쯤이라도 비숫하게 닮아가지 않을까.

  김현경 여사님께서 말씀하실 때 나는 입을 닫는다. 여사님께서는
몇 시간을 쉬지 않고 말씀하실 때도 있다. 말씀 중이신 여사님도, 듣
는 나도 간간이 흐름을 끊고 차와 간식을 먹어야 한다. 줄줄이 꿰
고 있는 문단사의 뒷이야기에 시간 가는 줄을 모른다. 그 시간은 역
사시간이다. 특히 여사님의 눈빛이 더 빛나는 순간은 김수영 시인의
생전 모습을 말씀하실 때이다. 여사님께는 바로 엊그제 있었던 일인
듯 생생하다. 나는 몇 번은 여사님 허락을 받고 여사님 말씀을 영상
으로도 남겼다. 그럼 여사님께서는 카메라 앞에서 단정한 매무새를
한 번 더 만지신다.

  이 봄에 나는 「도취의 피안」에 취하여 있다. 아무것에도 취하여 살
기를 싫어한다는 김수영 시인의 자기고백 같은 시. 반어법일지도 모
를 시인의 시어가 나에게 되새김질을 하게 한다. 그의 시 중 어떤 시
는 내게 고도의 복잡한 큐브 앞에서 그림 맞추기를 포기하는 것과 같
은 심정이 들게 하기도 한다. 언제쯤 김수영의 시세계를 제대로 탐구
할 수 있을까. 넘지 못할 산을 먼발치로나마 올려보며 시를 읽다 보면
언젠가 그의 시세계에 한 발 더 가까이 가닿게 되리라. 꼭 그렇게 되
기 위해 노력하리라.

풀기 힘든 숙제 같은 시를 남겨준 김수영 시인과 그 시를 세상에 알리는 일에 온 정성을 바치는 김현경 여사님께 감사드리며, 건강하심을 진심으로 기원드린다.

제4부

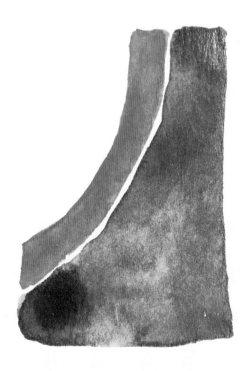

·······························

이런 딸 하나 있으면 얼마나 좋을까

"이런 딸 하나 있으면 얼마나 좋을까……."

조용히 한숨을 내쉬듯 말씀하시며 김현경 여사께서 운전대 위에 놓인 내 손등에 살며시 손을 얹으시던 순간 사금파리로 빗금을 그은 듯 가슴에 예리한 통증이 지나갔다. 그 순간 "제가 딸 해드릴게요!" 내 입에서 나도 모르게 흘러나간 그 말에 스스로 더 놀랐던 기억이 새롭다. 취미로 수강하고 있던 인문학 반에서 '시를 노래하다'라는 주제의 강의가 있던 날, 강사가 김수영 시인의 미망인을 모셨다고 하면서 나에게 각별한 안내를 부탁하여 처음으로 김현경 여사를 뵙게 되었다.

김수영 시인의 시 「풀」이 강의실 빔프로젝터 화면을 가득 채우고 낭송이 흘러나오자 미망인의 눈에 눈물이 고였다. 대학 교양 국어에 실려 있던 시인의 시를 새롭게 감상하며 그 미망인을 곁에 모시고 있으려니 영광스러웠다. 강의가 끝난 후 댁에 모셔다드리겠다고 여쭈니 용인이라 멀어서 안 된다며 초면에 전철역까지 데려다주는 것만도 고맙다고 하셨다. 당시 91세의 노령에도 불구하고 전철을 타러 가시는 뒷모습에 서린 당당한 품격에 절로 고개가 숙여졌다. 장맛비가 차창을 때리며 세차게 내리던 2017년 여름, 여사와 세 번째 만나 뵙던 날, 강의를 함께 들은 수강생 중 한 분의 초대로 몇 사람이 식사하러 가게 되었다. 차 안에서 아드님과의 통화를 끝내신 여사께서 딸이 없음을 너무도 아쉬워하시며 그렇게 말씀하셨고, 그 쓸쓸하신 표정과 손길에 홀린 듯 나는 딸 노릇를 자처하게 되었던 것이다.

나에게는 현재 아버지랑 사시는 새엄마가 계시고, 20년 전에 돌아가신 생모도 계셨으므로 엄마만 세 분이나 모시게 되었음에두! 여간해서는 '언니'라는 흔한 호칭조차도 타인에게는 잘 사용하지 못했던 내게 심리적 변화가 일어난 순간이기도 했다. 그날 이후 인간관계가 자연스럽게 확장되었음을 나는 지금 고백할 수밖에 없다. 항상 마음에 한정되어 있던 타인과의 관계에 대한 경계의 빗장이 그날부터 조금씩 풀려나가기 시작해서인지, 지금은 어떤 사람도 스스럼없이 대하게 된다. 엄마랑 대화를 나눌 때면 시간은 왜 그리 단숨에 지나가는지. 엄마 댁에서 저녁을 함께하고 식탁에 마주 앉으면 새벽이 되는 줄도 모르고 이야기꽃을 피우곤 했다. 그러는 사이 늘 만남에 설레며 모녀 지정은 새록새록 쌓여만 갔다.

나는 해외의 여섯 나라에서 20여 년을 살았다. 남편이 직장에서 해

외 주재원으로 잇달아 발령이 나서였다. 호주, 네덜란드, 이탈리아, 브라질, 러시아를 거쳐 싱가포르까지. 그런 내게 엄마와의 만남은 새로운 세계의 지평이 열리게 된 것이다. 김수영 50주기 기념 출간회를 용인시청 컨벤션 홀에서 하던 날이었다. 행사 중 대독을 부탁한 김가배 시인의 수필을 낭독하기 위해 단상에 오를 기회가 생겼다.

낭독에 앞서 참석하신 분들 앞에 공식적으로 김현경 여사의 수양딸로서 인사를 드렸다. 모두 어리둥절하면서도 기쁘게 축하해주셨다. 엄마를 처음 뵈면 내가 그랬듯이 사람들 모두 깜짝 놀란다. 구순이라고 하기엔 너무 청초하고 아름다우신 모습과 총기 넘치시는 기억력 때문이다. 어떻게 그렇게 연도는 물론 날짜와 시간까지도 정확히 기억하시는지. 게다가 명확한 발음으로 말씀마저 조리 있고 재미있게 하셔서 뵐 때마다 경이로움을 금할 수가 없다. 언제나 깨끗하게 머리 손질을 하시고 외출과 상관없이 매일 곱게 화장하신 모습으로 하루를 시작하시며 평생 여성성을 지키시는 모습에서 김수영 시인과 동거 중이시라는 고백의 진정성을 느끼게 해주신다.

상주사심(常住死心)을 좌우명으로 여기셨던 김수영 시인의 정신에 나는 특히 공감한다. 나는 내가 선택하지도 원하지도 않았던 삶이 대책 없이 나에게 주어졌다는 사실을 인식한 순간부터 생이 턱없이 버겁게 느껴져서 늘 죽음만이 날 자유롭게 해줄 것이란 염세적 사유에서 맴돌았던 탓일지도 몰랐다. 그래서 삶과 죽음의 경계에서도 절대 자유를 추구하신 시인의 시를 한 편 한 편 경외심을 느끼며 읽게 되었다.

엄마는 김수영 시인의 시 중에서 「도취의 피안」을 수작으로 꼽으시고, 나는 「달나라의 장난」을 제일 좋아한다. 시를 온전히 이해하기엔 내 실력이 턱없이 부족함을 느끼지만, 그래도 좋다. 그래서일까? 이제는 염세적이거나 비관적 성향을 탈피하여 명확한 인식으로 나 자신을 들여다보기 시작하게 된 것도 엄마의 일목요연한 칭찬에 힘입어서이다. 나를 알아갈수록 나를 사랑하는 사람이 되어야만 완성된 사랑을 할 수 있음을 깨달아가고 있다. 그런 사랑의 힘으로 가족과 타인을 배려하며 살아가는 것이 지혜로운 사람의 삶이라는 사실을 깨우쳐 가고 있다.

아저씨라 불렀던 김수영 시인과의 만남에서부터 살아오신 이야기를 하나하나 들려주실 때마다 격동기의 한국사를 보는 듯 빠져들곤 한다. 유난히 큰 눈으로 태어나 문학소녀로 성장해 사랑과 이별, 결혼, 전쟁과 피란 시절의 참담했던 이야기들, 그리고 사별하기까지 김수영 시인과 함께 겪었던 생활고를 말씀하셨는데, 시인의 뒷바라지에 불평을 한 마디도 하지 않았다고 하셨다. 이런 생생한 일화들을 더 자세히 들을 수 있었던 건 엄마와 맹문재 교수님과의 대담에 나오는 장소들을 답사할 때마다 내가 운전하는 차로 두 분을 모시고 다녔기에 가능했다.

『조선일보』 주간과의 인터뷰를 위해 광화문 찻집에도 모시고 갔었다. 김수영 시인을 이야기하실 때 소녀처럼 수줍고 아리따운 표정으로 옛 기억을 또렷이 말씀하시는 모습이 매우 고우셨다. 그 기사 이후 연세대학교에서 김수영 시인에게 명예졸업장을 수여했다. 또한 총장님과 문리대 학장님의 관심으로 김수영기념관 설립을 제안받으셨다.

엄마를 모시고 다니며 일을 진행하다 보니 짧은 기간임에도 김수영 시인의 훌륭한 시와 산문 작품들을 가까이 접할 기회가 많았다. 엄마는 김 시인이 100년에 한 번 나올 위대한 시인이라고 굳게 믿으시고 시인의 작품들을 널리 알리는 데 열정적으로 힘쓰시며 살아오셨다. 살아생전에 김수영 시인은 온몸으로 시를 썼다고 하셨다. 산고와도 같은 고통을 치르고 나서야 한 편의 시가 탄생하는데, 엄마는 그 탄생 과정을 함께하셨다. 그 고뇌의 흔적이 고스란히 남아 있는 김 시인의 난필 원고를 엄마는 엄숙하게 정서하셨기에 문학의 동반자로 살아오신 것이다.

엄마를 만나게 된 그해 남편은 회사의 동남아 총괄로 싱가포르에 주재하고 있었기 때문에 나 역시 남편과 함께 그곳에 머물러야 했다. 그렇지만 시아버님께서 위중한 건강 상태로 입원 중이셨고, 아들과 딸도 직장에 다니고 있어 나는 자주 한국을 왕래하며 생활해야만 했다. 그래서 엄마의 기사와 수행비서 역할을 하며 일의 진행을 함께할 수 있었다. 빠듯하게 시간을 쪼개어 모든 일을 빈틈없이 해나가야 했지만, 그 어느 때보다 즐겁고 보람된 시간이었다. 시부께서 타계하신 뒤에는 주로 싱가포르에서 남편과 함께 지내야 했기에, 그리운 마음에 엄마를 싱가포르에 모시기도 했다. 가장 좋아하시는 장소인 '내셔

널 갤러리'에 모시고 갔을 때 그림을 감상하시며 작가의 이력과 작품을 가려내시는 안목에 경탄을 금할 수가 없었다. 엄마의 꿈은 구름을 그리고 싶은 화가셨는데, 30년 넘게 그림 컬렉터로서 활동하시고 계신다. 지금도 현역이라는 자부심이 남다르다.

그곳에서 오래 눈길을 두시던 분홍 오리 봉제 인형을 구매해 선물로 드렸는데, 침대맡에 두시고 꼭 끌어안고 주무신다고 하셨다. 엄마 댁에 가면 종종 보여주시며 아끼신다. 혼자 계시는 것이 늘 마음이 쓰였던 탓에 다행이라 여겨지기도 한다. 해마다 싱가포르 집으로 모셔서 살갑게도 정성을 다해준 남편 덕에 엄마는 장모로서의 복을 넘치게 누리신다며 마리나 베이샌즈의 야경 속을 춤을 추시며 걷기도 하셨다. 센토사섬의 별식당에서 식사를 하실 땐 아까워서 먹을 수가 없다며 즐거워하셨다.

2019년 봄에는 엄마와 천재 작곡가 김순남의 딸인 김세원 언니가 함께 싱가포르에 오신 적도 있었다. 김순남 작곡가는 엄마의 6촌 오빠가 되므로, 엄마는 김세원 언니의 고모가 된다. 청소년 시절 김세원 언니가 진행하시던 음악방송의 광팬이었던 우리 부부는 얼마나 기쁘게 두 분을 맞이했던지! 더운 나라에 오셔서도 항상 깨끗하게 몸단장을 하시고 아침마다 식사를 준비하는 부엌으로 들어오셔서 돕겠다고 했다. 어디를 모시고 가더라도 기품 있고 씩씩하셔서 보는 외국인들마저 놀라워했다. 엄마의 딸로서 나는 아이처럼 자랑스러웠다.

2020년 94세 생신이었다. 한 해 전에 허리를 다쳐 부쩍 쇠약해진 엄마께 위로가 필요했다. 김수영 자료실 회원들을 초대하고 과꽃으로 만든 화사한 꽃다발을 먼저 보내드렸다. 생신상 음식은 정성껏 요리해 엄마 댁에서 차려 드렸다. 온 집안에 파티 장식을 하고, 금빛 고깔모자를 씌워 드리자, 이런 생일잔치는 평생 처음이라시며 기뻐하셨다.

가끔은 처음 우리를 대하는 분이 김수영 시인의 숨겨진 딸이 나타난 거냐는 농담 섞인 질문에 하늘에서 주신 세상에 없는 귀한 딸이라고 엄마는 대답하신다. 가슴 벅찬 칭찬의 말씀에 늘 부끄럽지만, 아끼고 사랑해주심에 더할 나위 없이 가슴 뿌듯하고 기쁜 것도 사실이다.

한 해가 저물고 새해가 시작되는 겨울이면 엄마는 손녀들을 보러 미국의 댈러스에 가신다. 그곳에서 한 달 넘게 지내시다가 오시는데, 올해도 다녀오셨다. 재작년에 허리를 다친 일도 있었고, 코로나 상황인 데다가 95세의 고령인 이유로 주변에서 극구 말렸다. 그런데도 불굴의 정신력과 타고난 체력으로 잘 다녀오셨다.

존엄하게 당당히 사시는 95세 우리 김현경 엄마는 불가사의하게도 현실에 분명 존재하신다. 항상 공기처럼, 햇살처럼 동거 중이신 김수영 시인의 영혼이 함께 사시는 갤러리 같은 엄마 집에는 미술품을 사러 오시는 분들도 있고, 김수영 자료실 회원들이 드나들고, 엄마를 뵈러 오시는 분들의 발길이 끊임없이 이어지고 있다. 나는 하늘이 맺어준 모녀의 인연을 소중히 가꿔 나가고 싶다. 엄마의 아드님이신 김우 오빠와도 잘 지내 엄마가 더 편안하고 즐겁게 살아갈 수 있도록 모시고 싶다. 엄마와의 인연을 생각하며 매일 하늘에 감사한다.

김은정

김수영의 시와 삼천포 매운탕

  오후 3시, 경상남도 사천시 삼천포항 실안해안도로를 달리고 있다. 새벽도, 한낮도, 노을도, 별밤까지도 아름다운 삼천포항 광포만, '씨맨스'라고 하는 카페는 정형화할 수 없는 이 뜬구름 같은 정취를 더욱

더 짙게 체험하게 하는 별장, 별관 역할을 한다.

  잠시 들렀다가 갈까? 들여다보고 싶은 기억의 지분이 자동차를 멈추고 마음껏 그리워하다가 가라고

카페 씨맨스

왼쪽부터 김은정 시인, 김가배 시인, 김현경 여사, 맹문재 교수

부추기며 브레이크를 밟게 한다. 이럴 때는 이러한 기운 발신자의 뜻을 겸허히 알아채고 충분히 협력하는 것, 찬란한 모험심 이력 관리에 유익한 효모이다.

바다 위에 둥둥 뜬 카페로 가는 길은 현수교이다. 무엇인가를 넘어서듯 건너가야 한다. 가면서 넘어지지 않으려면 자신의 단단한 균형을 유지하기 위해 애써야 한다. 다리는 이런 수고를 요구하면서 장난치듯 출렁인다. 가끔 자빠지는 사람도 있다. 몇 발자국 내딛다가 아예 되돌아오는 사람도 있다. 현기증 때문이라 한다.

조금의 현기증도 없이 현수교를 건너가 카페로 입장, 창가 의자에 앉는다. 직원 두 명, 손님 두 명. 바다 위에 떠있는데도 분위기가 고요하다. 호수 같은 바다, 조심스러운 신비함은 마치 절간 같다. 그래서인지 용왕을 만날 듯, 원시 신앙이 스르르 올라오기도 하고, 인어공주, 클레멘타인, 마린보이 등 어린 시절 뜻깊은 교훈의 뭉치들이 되살아나기도 한다. 연상 작용은 꼬리에 꼬리를 물고 환상의 범위 그 확장

먼 곳에서부터

활동을 계속하며 신이 나 있다.

귀중하게 보관하고 있던 사진 한 장을 꺼내 바라본다. 카페 씨맨스에 들러 차를 마신 기념으로 남긴 세기의 초상화이다. 2018년 6월 17일 일요일 촬영한 기록물. 늘 보물로 간직했지만, 오늘 씨맨스에 앉아 다시 바라보니 어떤 순간의 미래가치는 참으로 예측 불가능하다는 생각이 든다. 예전부터의 예견이 이렇게 또 검증의 순간을 맞는다.

이제 이 고요함 속에서 타인에게도 관심을 가져볼까? 카페 창가 테이블에 태블릿 PC를 올려놓고 한 소년이 공부하고 있다. 매우 놀랍다. 방법은 더욱 놀랍다. 태블릿 PC 화면을 보면서 A4 용지 크기 종이 공책에 낙서하듯 연필로 옮겨 적는다. 세련된 인공지능을 장착한 듯 보이는 디자인의 샤프펜슬이 아니다. 산에서 갓 벌목한 장작 같은 나무 재질과 흑연이 연합한 연필이다.

굉장히 오랜만에 보는 필기구이다. 소년은 퓨전 시극 속에 등장하는 세자 같다. 수험생인 모양이다. 전형적인 학교 시험 대비 벼락공부 자세인데 장소는 카페다. 자유로운 영혼의 불만족이 교실을 탈출했나 보다. 여러 겹의 비현실적인 메아리가 귓전에 묵음으로 들린다. 어깨에 힘을 뺀 햇살이 소년을 응원한다.

지은이 : 김수영(金洙暎)
시의 출전 : 『달나라의 장난』(1959년)
시의 갈래 : 자유시, 서정시, 주지시
시의 율격 : 내재율

시의 성격 : 주지적

시의 심상 : 역동적, 청각적

시의 어조 : 힘차고 격정적이며 강인하고 의지적

김수영? 달나라의 장난? 자유시? 앗, 소년은 '詩'를 공부하고 있다. 종이 공책에 옮겨 적은 내용과 태블릿 PC 화면 속 내용은 일치하는가? 잘 모르겠다. 이렇게라도 시를 공부하는 모습을 예기치 않게 포착한다. 범상치 않다. 당연히 구별되고 특별하게 보인다. 죽은 시인의 사회 그 현재다. 반가워서 감탄!

'아이도 어른도 김수영 시인의 시는 읽는구나.'라는 독백이 저절로 나온다. 마침 이를 뒷받침하는 증언이 있다. 기다렸다는 듯 '이때다!'라며 심기를 밀고 올라온다. 유성호 교수와 김현경 여사가 나눈 대화 가운데 다음의 이 부분 말이다.

"그때 시 한 편이 얼만가 하면 30원이에요. 근데 그분 시는 팔렸어요. 다른 사람들은 지면이 거의 없었지요. 한 달에 시 한 편 정도 쓰고 나머지 시간은 번역에 매달렸어요. 공터에다 닭을 길렀는데 잘 되었어요. 1961년인가 쌀 파동이 일어나 쌀이고 뭐고 십 배로 뛰었어요. 덩달아 옥수수도 모이도 다 수입이어서 사료 값이 너무 오르고 알 값은 떨어지는 거예요. 거의 십 년 가까울 때 내가 딱 생각하고 그만뒀어요."[1]

---

1 유성호, "유성호 교수가 찾은 문학의 순간, 〈1〉 시인 김수영의 아내 김현경", 『서울

'그런데 그분 시는 팔렸어요.' 이런 회고가 김수영 시인의 시 수명을 더욱더 연장하고 있다는 느낌이다. 소년은 여전히 종이 공책에 긁적긁적 내용을 옮겨 적는다. 나는 똑똑하고 청명한 CCTV이다. 온 신경이 소년을 향해 있다. 공부에 몰입한 소년의 희고 긴 손가락이 또 긁적긁적 몇 자 적는다. 반달이 뜬 그의 분홍빛 손톱은 단정하게 다듬어져 있다. 손톱은 건강한 자기소개서 역할을 한다.

> 시의 구성
> 1연 : 폭포의 모습, 사나운 낙하 기세
> 2연 : 폭포의 정신, 쉼 없는 낙하 운동
> 3연과 4연 : 폭포의 소리, 요란한 굉음과 그 의미
> 5연 : 폭포의 정신, 낙하 기세와 굉음의 의미에 대한 도취

소년의 공부법으로 인해 카페의 품격이 견인되고 있다. 흔하디흔한 수험생이지만 시를 공부하고 있다는 희소성과 희귀성이 현대적 카페 분위기를 잠시 고풍스럽게 만든다.

> 시의 제재 : 폭포, 현실의 부정적 모순과 인간의 나태한 심성
> 시의 주제 : 부정적 현실과 타협하지 않는 삶의 추구
> 부정적 사회 현실과 일상적 삶의 나태성 자각

신문』, 2020년 1월 7일. https://www.seoul.co.kr/news/newsView.php?id=2020010702
2012&wlog_tag3=naver 참고.

부정적 현실에 저항하는 선구자적인 삶에의 의지

시의 특징 : 4·19 이후에 쓴 시

　　　동일 시어, 시구 반복으로 운율을 형성하면서 의미

강화

　　　폭포의 속성을 바탕으로 끊임없이 자유 추구

　　　실천적 삶 형상화, 정신적 각성 촉구

우주의 기운이란 참으로 신묘하다. 이런 상황이 우연? 김수영 시인에 대하여 생각하는 시간에 김수영 시인에 관해 공부하는 낯선 소년을 만나다니! 이제 소년이 공부하는 김수영 시인의 시, 「폭포」를 읽어 보자.

폭포는 곧은 절벽(絶壁)을 무서운 기색도 없이 떨어진다.

규정(規定)할 수 없는 물결이
무엇을 향(向)하여 떨어진다는 의미(意味)도 없이
계절(季節)과 주야(晝夜)를 가리지 않고
고매(高邁)한 정신(精神)처럼 쉴 사이 없이 떨어진다.

금잔화(金盞花)도 인가(人家)도 보이지 않는 밤이 되면
폭포(瀑布)는 곧은 소리를 내며 떨어진다.

곧은 소리는 곧은 소리이다.
곧은 소리는 곧은
소리를 부른다.

번개와 같이 떨어지는 물방울은
취(醉)할 순간(瞬間)조차 마음에 주지 않고
나타(懶惰)와 안정(安定)을 뒤집어놓은 듯이
높이도 폭(幅)도 없이
떨어진다.

— 김수영, 「폭포」 전문

　김수영 시인의 시 「폭포」는 그의 첫 시집 『달나라의 장난』에 실려
있다. 「폭포」라는 제목의 시는 많다. 물론 그 가운데는 김은정 시인의
「폭포」도 있다. 김은정 시인의 「폭포」 역시 그의 첫 시집 『너를 어떻
게 읽어야 할까』에 실려 있다. 한 번 읽어보자.

저것 좀 봐
사뿐 뛰어내리는 흰 버선발의 햇살
눈 맑게 뜨고
깊숙이 지상 내려다보는 가을 하늘 목덜미
저것 좀 봐
흐를수록 세상은 목이 마르고
잠시 휘모리로 몸이 패이는 인당수
저기 좀 봐
화사하게 낙화하는 무지개 스란단의 햇살
눈부신 발목을 적시는 가을

— 김은정, 「폭포」 전문

김수영 시인의 시 「폭포」와 김은정 시인의 「폭포」는 사뭇 다르다. 하지만 읽는 이가 누구냐에 따라 판이하게 보이는 이 시 두 편 속에서 공통분모를 찾아낼 수도 있다. 이제 이 지면에서 김수영 시인의 시 「폭포」와 김은정 시인의 「폭포」는 새롭게 유연한 인연을 맺는다.

'유래'라는 낱말이 있다. "사물이나 일이 생겨남. 또는 그 사물이나 일이 생겨난 바."라고 국어사전이 알려준다. 고봉준 교수에 의하면, 김수영 시인의 시 「폭포」 탄생 유래의 기저는 다음과 같다.

> 김수영 시인의 부인 김현경 여사의 회고에 따르면 이들 부부는 한때 한 거부의 별장인 서울 성북동에 세 들어 산 적이 있는데, 이 시에 등장하는 '폭포'는 그 집 정원에 있던 것이다. 따라서 이 시는 '폭포'라는 자연적 대상을 보면서 쓴 평범한 작품으로 읽을 수도 있지만, 여기에서 '폭포'는 단순한 자연 이상의 의미를 함축하고 있는 대상으로 간주된다.[2]

김수영 시인 작고 후, 김수영 시인의 부인인 김현경 여사의 회고는 김수영 시인의 시에 대하여 매우 커다란 영향력을 지닌다. 김수영 시인의 시에 대한 새로운 이해와 검토에 김현경 여사가 상당한 비중으로 관여하고 있다. 다음은 경남도민일보의 이서후 기자가 묘사한 김

2 https://terms.naver.com/entry.naver?docId=2411821&cid=41773&categoryId=50391 참고.

먼 곳에서부터

현경 여사의 모습이다.

　　작은 체구에 하얀 베레모로 멋을 낸 김 씨는 아흔 나이가 무색할
만큼 정정해 보였다. 그는 강연장 입구에 마련된 접수대 겸 판매대
에서 꼿꼿한 자세로 책을 산 이들에게 사인을 해줬다. 책은 김수영
시인 타계 50주기를 맞아 올해 2월 민음사에서 개정 출판한 김수영
전집 1, 2권이었다. 사인은 꿈 몽(夢) 자를 크게 적은 후 끝에 '김수영
시인의 아내 김현경'이라 적고 날짜를 붙이는 방식이었다. 30~40분
동안 사람들이 끊임없이 줄을 섰지만, 싫어하거나 힘든 기색은 없
었다. 심지어 강연이 시작되고 나서 사회자가 인사말을 부탁할 때도
밖에서 사인을 하고 있을 정도로 열심이었다.[3]

　이런 차에 맹문재 교수로부터 연락이 온다. '나'의 세상과 세계와
시간은 '나의 뜻과 같이' 움직인다. 2018년 6월 17일 일요일. 91세 문
학소녀와의 상견례를 돕느라 기꺼이 휴일이 되어준 시간의 친절한 무
심. 청보라 수국꽃이 피는 남해안의 환영은 이렇게 시작한다.

　늦은 아침 식사 겸 점심 식사를 위해 노산 공원 아래 팔포 음식 특
화 지구에서 만나기로 한다. 여기는 어느 집이나 활어로 요리하기 때
문에 생선회가 싱싱하고 모든 음식이 청결하며 맛있다. 강추!

김수영 시인의 연인, 아내. 김현경 여사가 궁금하다. 일행을 기다리는 동안 김수영 시인의 시를 읽는다. 김현경 여사를 떠올리니 「여자」가 눈에 들어온다. '시인의 아내'에게 가장 유의미한 환영의 태도는 그의 남편이 생산한 시편들을 파악하고 그들을 우리가 맺는 새로운 관계 속에 녹여 넣는 것이다. 우리의 만남은 김수영 시인과 그의 시가 중개자로 나서서 이루어진 연찬이니까.

여자란 집중된 동물이다.
그 이마의 힘줄같이 나에게 설움을 가르쳐준다
전란도 서러웠지만
포로수용소 안은 더 서러웠고
그 안의 여자들은 더 서러웠다.
고난이 나를 집중시켰고
이런 집중이 여자의 선천적인 집중도와
기적적으로 마주치게 한 것이 전쟁이라고 생각했다.
그런 의미에서 나는 전쟁에 축복을 드렸다.

내가 지금 6학년 아이들의 과외공부집에서 만난
학부형회의 어떤 어머니에게 느끼는 여자의 감각
그 이마의 힘줄
그 힘줄의 집중도
이것은 죄에서 우러나오는 것이다
여자의 본성은 에고이스트
뱀과 같은 에고이스트

그러니까 뱀은 선천적인 포로인지도 모른다
그런 의미에서 나는 속죄에 축복을 드렸다.

— 김수영, 「여자」 전문

새삼스럽게 김수영 시인이 중요하게 여긴 여성성에 대해 생각하며 시간을 보내는 복을 받는다. 명상과 성찰의 시간. 맹문재 교수로부터 전화가 온다. 지금 진주에서 출발한다는 내용이다. 천천히, 천천히, 쉬엄쉬엄. 그야말로 편안한 강연 여행이다.

2018년 6월 16일 토요일 오후 7시 30분 진주문고 2층 여서재에서 맹문재 교수의 강연이 있었다. 그 뒷날, 2018년 6월 17일 일요일, 맹문재 교수는 삼천포항으로 걸음을 옮긴다. 동행자는 김수영 시인의 부인 김현경 여사, 김가배 시인, 김현경 여사의 수양딸 김선주 씨이다.

『김수영과 아비투스』를 인용한 정용호 교수에 의하면 김수영 시에 등장하는 여성성 운운의 대략은 다음과 같다.

김수영의 시에서 '여성'을 지칭하는 시어 중에서 '여편네'(13편), '아내'(11편), '여자'(13편), '식모'(9편) 등의 순으로 빈도수가 나타난다. '여편네'와 같은 시어에 집중하면, 김수영에게 '여성'이 부정적인 대상으로 존재하는 것처럼 보인다. 실제로 김수영의 시에서 "생활에 얼이 빠진 여인의 모습"(「미스터 리에게」), "돈에 치를 떠는 여편네"(「도적」), "그런데 여자는 술을 안 따른다/건너편 친구가 같이 자러 가자고 쥐정만 하니까"(「만주의 여자」), "나들이를 갔다 온 씻은 듯한 마음에 오늘 밤에는 아내를 껴안아도 좋으리"(『奢侈』)와 같은 표현들은 '여성'을 속물적인 존재로 그리거나, 남성의 쾌락을 위해 존재하는 것처럼 나타내고 있다. 이러한 표현들에 기댈 때 김수영의 시에서 여성에 대한 인식은 부정적인 것처럼 보인다. 그러나 그것은 시의 전체적인 내용이나 주제와 긴밀하게 연결되어 있는 경우보다는 시의 부분적인 표현에 집중되어 있는 경우가 대부분이라고 볼 수 있다.[4]

지금 삼천포항으로 오고 있는 여성은 "오늘 밤에는 아내를 껴안아도 좋으리" 그 문장 속 '아내'이다. 이것이 '사치(奢侈)'라니 김수영 시인의 의식 속에는 부정적 여성성만이 아니라 어떤 '주눅'이 있었는지도 모른다. 여성성의 무엇이 그를 눌렀을까?

세월은 가고, 애증은 쌓이고, 시와 시인은 더욱더 신비에 싸이고, 숱한 이야기가 덧붙여지고, 원본이 퇴색한다. 진실의 실황을 들려줄 당대 인물도 끝내는 사라진다. 김수영 시인의 100년 증인, 그의 아내가 삼천포항에 와서 어떤 김수영을 거론할까? 신파조로 재구성하여 우리 속의 어떤 심금을 울릴까? 사랑에 기초한 독설로 남자는 배, 여자는 항구?

김수영의 아내와 우리가 만나는 장소 삼천포항은 유서가 매우 깊다. 가야 시대 지명은 가야 포상 8국 가운데 사물국, 신라 시대 지명

---

4 정용호, 「김수영 시에 나타나는 이분법적 사유의 극복 양상」, 『어문학』 130, 한국어
   문학회, 2015, 233~234면.

은 사물현, 고려 시대 지명은 삼천리다.

고려 시대, 삼천포에서부터 개경까지는 약 3,000리, 그래서 붙은 이름이라고 하는데 그럴듯하고 그럴 만하다. 조선 시대엔 삼천진, 19세기 접어들어서는 사천군 삼천포면, 20세기 들어서는 삼천포읍, 삼천포시, 사천시. 이런 차례로 명칭이 변경되었다.

3,004 또는 4,000, 7,004 등 아라비아 숫자로 표기하면서 삼천포와 사천을 사랑하는 마음을 표현하는 사람도 많다. 얼마 전부터 사천시는 다래를

왼쪽부터 맹문재 교수, 김가배 시인, 김현경 여사, 김은정 시인, 김현경 여사의 수양딸 김선주 씨

원료로 하여 빚은 과실주를 출시했다. 그 이름 또한 매우 이색적이다. '3004' 그리고 '7004'이다.

김현경 여사는 누구보다 소녀 같아서 삼천포항의 바다 냄새를 영화에 출연 중인 여배우의 움직임으로 들이마신다. 김가배 시인, 김선주 씨 또한 그러하다.

"왜, 잘 나가다 삼천포로 빠졌다고 하는 거예요?"

어째 그 질문을 안 하나 했다. 역시나 누구의 목소리인지 불분명해도 마침내 그 질문이 나오고야 말았다.

이 대답은 이제 단답형으로 제출할 수 있는 그런 판국을 넘어섰다. 날이 갈수록 풍성해지는 수식과 다채로운 오해, 그리고 창조적 왜곡 등등이 수많은 입방아로 굴뚝 없는 공장을 돌리며 다품종 생산 작업을 하고 있기 때문이다. 아직은 찰흙 덩어리처럼 말랑말랑한 채로 유통되고 있으니 시간이 더 흐르면 훨씬 다양한 이야기 풍차가 돌며 삼천포를 빛내지 않을까 한다. 그래서 김은정 시인은 간단한 답변보다는 이렇게 시 한 수로 그 궁금증 수다를 가지런히 다독인 바 있다.

남해안의 걸작
삼천포로 빠지세요!

노산 공원 아래 바닷가 오나 횟집 야외 식탁에
시인 이위발, 시인 김요일, 시인 이진우,
사업가 유경훈, 그리고 나
이렇게 앉아 삼천포 이야기 한다.

왜, 잘 나가다 삼천포로 빠졌다고 하는 거예요?
그 기원에 무슨 아름답고 멋진 정설이 있을 것인가.
그저 삼천포 아가씨 좋아, 인심 수심 청정한 이곳에서
우유눈꽃빙수 같은 천진무구 순수 지수를 높이고,

팔포 앞바다 구름과 등 푸른 목섬도 우리들 향기 듣고 있도록
시곗바늘에 노릇노릇 구운 볼락을 얹어둔 황금 기운으로

삶의 진미 감칠맛 가득 찬, 절창의 자리 기념하며
내일 떠오를 태양을 환영하는 기치 높이 드나니

비할 데 없다.
흔쾌히 풍덩, 사랑에 빠지듯 삼천포로 빠진 행복!
　　　　　　　— 김은정, 「삼천포로 빠지세요!」 전문

　삼천포도 식후경. 식사야말로 언제나 급선무. 그런데도 가끔은 예외가 있다. 여심! 숟가락 들기 전 막간을 이용해 김현경 여사는 진주 촉석루에서 맹문재 교수와 찍은 사진을 보여준다. 머리카락은 하얘져도 마음은 아니 세는 것. 91세, 그 나이는 숫자에 불과해서 모두를 화사하게 웃도록 만든다.

　김현경 여사가 강렬한 맛의 삼천포 매운탕을 한 숟가락 드시더니 부리나케 '호호' 분다. 아기 같다. 맹문재 교수와 수양딸 김선주 씨가 정성을 다해 시중을 든다. 삼천포 매운탕 한번 진하게 매워서 김현경 여사의 혀를 장악한다. 식사가 끝날 때까지 김현경 여사는 묵언이다.

　식사를 마치고 한국의 아름다운 길, 국도 3호선 삼천포대교를 건너며 남해군 방향으로 자동차를 몬다.

　모두의 마음은 그저 이렇게 여기저기 들르며 쉬는 여행을 계속하는 것이다. 하지만 이즈음에서의 이별로 여운을 남기는 것이 귀족의 예법이다.

　그래도 별책 부록. 멋진 바다 풍광도 함께하면서 서울 방향 남해 고

삼천포대교 (자료 : 사천시청)

속도로와 연결하는 방식으로 배웅하면 좋겠다 싶다.

오로지 바다와 걸으라고 산책로만 있는 서포 비토섬 끝자락에 도착하고 보니 최고의 선택을 했다는 자화자찬이 나온다.

비토섬 산책은 걷기 운동을 동반한 삼천포 바다 구경이다. 리아스식 해안을 직접 둘러보려면 한 사나흘은 묵으면서 걸어야 하겠지만 실용성과 효율성의 추구, 짧은 시간 요모조모 체험, 그러니까 임도 보고 뽕도 따자는 것. 최상책이다.

그런데 각본이 있었을까? 실제로 이런 일이 일어난다. 비토섬 산책로에 뽕나무가 서 있다. 게다가 뽕 열매, 오디는 검게 익어 자신을 어디로 떨어뜨려야 종족을 더 많이 퍼뜨릴 수 있을지 고민 중이다. 맹문재 교수가 뽕나무 가지를 잡아당겨 오디들의 DNA 전송을 돕고자 한다. 비토섬 뽕은 이제 맹문재 교수의 손을 빌려 긴 이동을 시작한다.

먼 곳에서부터

우리 일행이 오디 하나씩을 삼키더라도 오디는 멀리 여러 곳으로 흩어져 가게 된다. 적어도 다섯 곳, 그 이상이다. 야생의 뽕나무는 매우 똑똑하다. 누구의 손을 빌려야 하는데, 맹문재 교수의 손을 잘 붙들었다. 교류와 전파의 지도를 읽는 법, 현장에 답이 있다. 체험 중에 일어나는 검증, 솟구치는 확신이 있다.

우리는 하늘과 바람과 바다와 시로 맺은 인연의 기쁨에 취해 걷는다. 산책로 중간에 자리한 노천카페에서 비비빅을 하나씩 먹는 일로 무늬를 얹으며, 이런 날이 또 올까? 하면서 서로의 눈동자 속을 흘러가는 파도의 그림자도 들여다본다.

또 다리를 건넌다. 리아스식 해안 산책을 위해 건너갔던 다리다. 다리를 많이 건넌다. 저곳으로 가기 위해 건너고, 이곳으로 오기 위해 다시 건너고.

삼천포항 바람은 태평양 바람이다. 이 기운 센 푸른 바다를 짊어지니 우리의 다음을 기약하는 힘도 더욱더 굳세어진다. 오늘은 긍지의 날이다. 김수영 시인의 시를 징검다리로 하여 따뜻하게 만나고 다정한 시간을 누리다가 정들어 아쉽게 헤어진다. 우리가 찍은 발자국과 또 어느 미래 시인의 발자국은 어떻게 겹쳐지려나?

오늘도 긍지의 날이다. 김수영 시인의 「긍지의 날」을 읽으며 다시 소년을 본다.

너무나 잘 아는
순환의 원리를 위하여
나는 피로하였고
또 나는
영원히 피로할 것이기에
구태여 옛날을 돌아보지 않아도
설움과 아름다움을 대신하여 있는 나의 긍지
오늘은 필경 긍지의 날인가 보다

내가 살기 위하여
몇 개의 번개 같은 환상이 필요하다 하더라도
꿈은 교훈
청춘 물 구름
피로들이 몇 배의 아름다움을 가(加)하여 있을 때도
나의 원천과 더불어
나의 최종점은 긍지
파도처럼 요동하여
소리가 없고
비처럼 퍼부어
젖지 않는 것

그리하여
피로도 내가 만드는 것
긍지도 내가 만드는 것
그러할 때면은 나의 몸은 항상

한치를 더 자라는 꽃이 아니더냐

오늘은 필경 여러 가지를 합한 긍지의 날인가 보다

암만 불러도 싫지 않은 긍지의 날인가 보다

모든 설움이 합쳐지고 모든 것이 설움으로 돌아가는

긍지의 날인가 보다

이것이 나의 날

내가 자라는 날인가 보다

— 김수영, 「긍지의 날」 전문

　소년은 바다 위의 둥둥 섬, 물 위에 뜬 카페에서 詩 공부하느라 여념이 없다. 비현실적인 현실. 이 소년, 누구의 아바타인가? 2021년 현재 100세 김수영 시인의 시가 열일곱 살 정도 되어 보이는 소년에 의해 또 새로운 생장점을 획득하고 있다. 카페 아래가 인당, 소년과 폭포는 김수영 시인을 생각하며 연꽃처럼 떠있다.

　이상동몽(異床同夢)!

구름의 파수병이 내게 왔다

눈이 푹푹 쌓이고 길바닥이 꽁꽁 얼어붙고 폭풍우가 쳐도 만날 사람은 만나진다. 옷깃 스친 정도가 아니라 밥을 나눠먹고 차를 마시고 같이 웃는 시간들이 쌓이면 애초에 만날 사람이었을 것이다. 가족도 아니고 이웃도 아닌 사람들이 만나서 반갑고 즐겁다면 참 좋은 인연이라는 생각이다. 좋은 인연은 유리그릇 같을지 모른다. 잘 관리하지 않으면 금방 깨지기 쉬운 관계. 사람을 만나는 일에 대해 생각하면서 궁금증의 안테나를 최대치로 높이던 때 있었다.

예뻤다. 90년 이상 질곡을 견뎌내신 분에게 이런 표현은 낯선 은유다. 찬바람 맞고 방문한 언 얼굴과 대비될 그분의 얼굴 표정은 화사한 복사꽃 같았다. 작고 아담한 키와 아이보리색 원피스, 아직도 크고 똘

망똘망한 눈망울까지 생물학적 나이를 가늠할 수 없었다. 오기된 호적 나이가 흔했던 때가 있었으니 잘못되었다면 또 얼마만큼의 낙차여야 납득할 수 있을까? 겨우 한두 살 정도는 가당치도 않을 것 같은 괴리감까지. 아무튼 그런 느낌으로 처음 뵌 그분은 (그 연세가 확실하니) 시간이 비껴간 것이 틀림없다 싶었다. 또한 아직도 너무나 여성적이다.

김현경 산문집 『낡아도 좋은 것은 사랑뿐이냐』 출판기념회는 김현경 여사님 댁에서 열 명도 채 안 되는 가까운 사람들이 모였다. 김현경 여사의 첫 대면 소감을 빈약한 표현이지만 최고 찬사인 '정말 예쁘게 늙으셨다', 난 이렇게 요약한다.

기름칠 안 한 낡은 경첩 소리 같지만 문득 인식 위로 떠오른 아득한 기억 하나 있다. 그때는 바람처럼 흘러들었을 것이다. 익숙한 이름 김수영에 대한 사적 이야기들. 허름한 동네 서점에서 민음사의 김수영 시집과 산문집들을 샀던 기억. 시도 잘 모르던 때였다. 칼 세이건의 『코스모스』를 사러 갔다가 같이 집어 들었던 것 같다. 그 당시 시에는 별 관심이 없었던 것으로 기억하는데, 어렵다는 고정관념이 있었을 것이다. 그럼에도 불구하고 『달의 행로를 밟을지라도』 『거대한 뿌리』 그리고 산문집 『퓨리턴의 초상』 산문선집 『시여, 침을 뱉어라』까지 띄엄띄엄 산 기억이 있다. 산문은 재미있었다. 시는 읽기 쉬웠지만 지금 생각하면 전혀 이해하지 못했으면서 글자만 후룩 읽고 만족했던 듯

싶다. 색은 누렇게 변했고 부서질 것 같은 낡은 산문집과 시집이 아직 책꽂이에 꽂혀 있다(무슨 이유인지 시집보다 산문집이 먼저 낡아가고 있다).

일상 언어로 쓰인 시집에 대한 느낌과 몇 편의 시에서 느껴지는 강렬한 인상의 내용을 읽었었다는 것뿐, 그 후 오랜 세월을 생각조차 하지 않고 살았던 건 확실하다.

김수영 시인과의 인연이라는 주제로 글을 쓰다 보니 아득하게 녹슨 기억을 더듬어볼 뿐 김수영 시인과의 연결은 그 책들이 전부다. 굳이 가져다 붙이자면, 같은 하늘 아래 김수영 시인의 날숨과 들숨이 남아 그 숨결을 호흡하고 느낀다는 것, 그것이 희미하고 가늘게 연결된 끈이었다는 생각이다.

세상은 전부 연결되어 있다. 그렇게 믿고 싶다. 만날 사람은 언젠가는 만나진다는 그 말도 믿고 싶다.

시를 모르던 때 시집을 샀고, 어쩌다 시에 관심을 갖게 되었고, 덜컥 시를 쓰는 사람이 되었고, 맹문재 선생님과 두 권의 시집을 내고, 그 인연의 끈으로 김현경 여사님을 만나는 현재의 시간까지 와 있다.

시인의 생활이 윤택하기란 요원했다. 요즘도 마찬가지다. 돈과 창작의 상관관계를 말하지 않더라도 예로부터 대개 예술가의 생은 궁핍의 파토스를 벗어날 수 없었다. 오직 시만 생각하며 산 김수영의 「책형대(磔刑臺)에 걸린 시」라는 표현만 보아도 알 수 있겠다. 기둥에 묶어놓고 찔러 죽이거나 찢어 죽이는 형벌의 시라니, 그럼에도 시를 쓸 수밖에 없는 시인의 운명…… 오직 시로 생을 영위했던 김수영 시인도 삶의 궁핍을 피할 수 없기는 마찬가지였을 것이다. 생활고로 김현경 여사가 닭을 키웠다는 글을 읽은 기억이 있다. 먹고사는 일로 자주 다퉜다는 글도 솔직하고 구체적이었던 것 같다. 그로 인해 여러 변화도 겪었다고 하는 얘기들은 호기심을 자극하기도 했다. 하지만 질곡의 세월을 통과하면서 겪었을 고통을 생각하면 여러 갈등들은 충분히 이해가 가는 대목이기도 하다.

김수영 없는 김수영 방에는 낡은 책들과 유품들이 가득했다. 특유의 깊고 까만 눈의 대표 사진이 방문 맞은편에 돌아볼 듯 걸려 있어 선뜻 발 들이기가 조심스러웠다. 최소한의 카무플라주조차 통할 수 없는 산문은 시보다 더 쓰기 어렵다는 엄격한 글을 읽은 적도 있어서 저 깊고 날카로운 시선에 나를 들킬 거 같았다. 창문 쪽을 바라보도록 배치된 책상에는 저 사진의 주인공이 바로 오늘 아침까지 시를 쓰거나 낡은 책을 꺼내 앉았을 체취가 느껴지는 것 같았다. 그건 시인과 살을 맞대고 사신 분의 애처로운 사랑이 닿아 있기 때문일 것이다. 방은 먼지 하나 없이 정갈했다.

어떤 건 이가 깨진 오래된 것이었지만 주방 구석구석의 그릇들은 색이 곱고 화려했다. 살림하는 나도 예쁜 접시나 예쁜 머그컵에 욕심

이 있어 종종 사 모으긴 해도 가볍고 덜 깨지는 그릇들을 주로 사용한다. 하지만 여사님의 미적 감각은 무거워도 예쁜 그릇들을 사용하지 않으면 안 되는 모양이었다. 예쁜 그릇에 디스플레이 된 맛깔나는 음식들. 드시는 것도 잊고 앉았다 일어섰다 챙기시는 구십오 세의 건강과 배려들. 단정한 외모만큼 깔끔한 성품이 여지없이 드러났다.

첫 대면은 탐색도 아니고 관찰도 아니다. 주로 여사님의 이야기를 귀담아듣는 거였지만 처음 본 사람도 문학이라는, 김수영 시인이라는 공통의 관심사로 금방 하나의 큰 덩어리 웃음이 된다.

김수영 시인의 일거수일투족을 필름처럼 재생시키는 여사의 김수영 이야기는 생생한 날것이었다.

만약에 나라는 사람을 유심히 들여다본다고 하자
그러면 나는 내가 시와는 반역된 생활을 하고 있다는 것을 알 것이다
…(중략)…
함부로 흘리는 피가 싫어서
이다지 낡아빠진 생활을 하는 것은 아니리라
먼지 낀 잡초 위에
잠자는 구름이여
고생도 마음대로 할 수 없는 세상에서는
철 늦은 거미같이 존재 없이 살기도 어려운 일
　　　　　　　　　　　　　　　　　—「구름의 파수병」 일부

지금 내 책상 앞 벽면에 김수영의 시 「구름의 파수병」 일부가 걸려 있다. 김현경 여사께서 아끼는 시를 A4 2장 크기 원고지에 친필로 써 비닐 씌워 주신 것이다. 필체도 흔들림 없이 얼마나 유려한지, 벽면을 올려다볼 때마다 여사님의 맑은 눈망울이 떠올라 미소 짓는다.

그렇게 인연은 조심스럽게 익어간다.

먼 곳에서부터

....

팔천 겁 후에 우리는 만났다

얼마나 갑갑하실까 2주째 격리 중이라니, 그래도 여사님은 잘 견디시고 무사히 댁으로 돌아오실 것이다. 코로나로 인한 불편함에도 미국에 있는 손녀들을 보고 오는 보람이 더 큰 올해 95세의 김현경 여사는 흥미로운 이야기꾼이다. 살아온 내력의 보따리를 풀면 듣는 사람들은 집중하다 저절로 숙연해진다. 기억력이 어찌나 좋으신지 김수영 시인과의 추억을 말씀하실 때는 소녀처럼 눈빛도 초롱초롱해진다. 곱게 자란 부잣집 딸로 이화여대 영문과 재학 시절 처음 김수영 시인을 아저씨라고 부르며 만나다 사랑에 빠졌다. 그 시대의 인텔리끼리 얼마나 죽이 잘 맞았을까. 지금도 단장하길 즐기는 멋쟁인데 처녀 때는 또 얼마나 아름다웠을까. 파란만장한 한 시절 얘기를 들으면 나도 모르게 저절로 그 시절의 그림이 그려진다.

'김수영을 사랑하는 사람들의 모임'에서 가끔 김현경 여사님을 만날 때마다 젊은이들 못지않은 생각과 지금도 앎에 대한 호기심을 놓치지 않는 열정에 놀라움을 금치 못한다. 특히 여사님의 요리 솜씨는 대단해 별로 어렵지 않게 뭐든지 잘 만드신다. 그것은 타고난 재주와 솜씨도 있겠지만, 번역료와 원고료로 아이들을 키우며 김수영 시인이 꾸려가기엔 어려운 생계를 여사님이 양계와 양재로 억척 여편네가 되어 힘든 시간들을 잘 건너온 공덕 중 하나일 것이다.

여사님의 이야기는 들을수록 학창시절 묘한 끌림을 느꼈던 김수영 시인의 시 이미지와 겹쳐 상상의 날개는 끝도 없이 날아다닌다. 특히 두 분의 만남과 사랑, 헤어짐 후의 결혼 그리고 이별은 가난과 전쟁의 시대를 건너온 러브스토리로 마치 한 편의 영화 같다. 그래서 김현경 여사를 만나면 질곡의 세월을 질문하다가 솔직하고 현명한 답변에 놀라며 함께 웃기도 한다. 평생 연인 같은 두 분의 이야기로 나는 어느 날 문득 「몽상가의 턱」, 「순결하다는 것」, 「시인의 모자」 같은 시를 쓰기도 했다. 그것은 아마 늘 새로운 세계에 대한 동경과 좌절을 거듭하는 시인에게 모험 대신 하이데거식의 죽음과 실존에 대한 존재의 고민을 승화시키는 작업이었는지도 모른다. 수많은 남성들의 프러포즈를 제치고 가난한 시인과 결혼하여 생활을 책임지며 순탄하지 않은 세월을 견뎌온 힘이 바로 위대한 사랑이라는 것을 확신하는 작업이기도 했다. 지금도 김수영 시를 읽고 김현경 여사를 만나 두 사람의 러브스토리를 들으면 아무리 힘든 일도 금방 지나가거나 그리운 한때가 될 것만 같다. 시를 사랑하는 인연의 아름다움을 알고 시를 읽을 줄 아는 사람일수록, 시는 곧 사랑의 인연임을 확인할 수 있는 시간이었기 때문이다.

노벨상을 받은 영국의 시인이자 소설가인 윌리엄 골딩은 여성의 우수함을 이렇게 찬미했다. "여성이 남성과 동등한 척하는 것은 어리석다고 생각한다. 여성은 훨씬 더 우수하다. 늘 그래왔다. 그대가 여성에게 무엇을 주든지 여성은 그것을 더 크게 만들어준다. 그대가 정자를 주면, 그이는 그대에게 아기를 준다. 그대가 집을 주면, 그이는 그대에게 가정을 준다. 그대가 농산물을 주면, 그이는 그대에게 음식을 만들어준다. 그대가 미소를 주면, 그이는 그대에게 자신의 마음을 준다. 여성은 자신이 받은 것을 곱으로 늘리고 확장한다. 그래서 그대가 그이에게 쓰레기 같은 것을 주면 그대는 엄청난 오물을 받을 준비가 되어야 할 것이다." 얼마나 여성을 잘 이해한 말인가. 김수영 시인은 어쩌면 여성을 이렇게 잘 이해하지 않았을까. 또한 김현경 여사는 사랑의 배려와 희생과 영원함을 믿었기에 서로가 그 힘든 선택의 길을 함께 걸어오지 않았을까 싶다. 사랑은 그의 결점까지도 사랑할 때 악연도 녹이는 신비한 신(神)이 주신 선물이다. 그래서 피해 가려 해도 맺어질 운명이면 만나게 되는 것이 인연이다.

1960년대 우리나라의 대표 시인인 김수영 시인의 첫 시집 『달나라의 장난』 속엔 끊임없이 자신을 반성하며 현실을 뛰어넘으려고 애쓰는 시편들이 가득하다. 자아의 완성과 더 나은 세상을 위해 사색하는, 생활의 자잘한 옹졸함에 민감하게 반응하다가 시를 쓰지 않을 수 없는 작품들이 첫 시집에서 많은 독자들을 기다리고 있는 듯하다. 진솔한 자아와 가족 친지, 그리고 이상적인 사회와 더 나은 세상을 꿈꾸는 시인의 타고난 시와의 인연을 나는 김수영 시인의 첫 시집에서 읽었다. 마음에 머무는 시 한 편이 시인에겐 시와의 하염없는 인연에 대해 골몰하는 행복임이 분명하다.

"풀이 눕는다/비를 몰아오는 동풍에 나부껴/풀은 눕고/드디어 울었다/날이 흐려서 더 울다가/다시 누웠다//풀이 눕는다/바람보다도 더 빨리 눕는다/바람보다도 더 빨리 울고/바람보다 먼저 일어난다//날이 흐리고 풀이 눕는다/발목까지/발밑까지 눕는다/바람보다 늦게 누워도/바람보다 먼저 일어나고/바람보다 늦게 울어도/바람보다 먼저 웃는다/날이 흐리고 풀뿌리가 눕는다" 고인이 되기 보름 전에 쓴 「풀」은 이러한 그의 시론과 이상이 총체적으로 담긴 작품이다. 삶의 희비를 철학의 무게로 녹여내다 안타깝게 달나라의 시인이 된 시인의 시정신이 「풀」로 더욱 사랑받고 있는 까닭이다. 김수영 시인 100주년에도 그를 생각하고 그의 시를 암송하는 이유를 굳이 물을 필요가 없다. 그를 시로 만나는 정신의 풍요로움은 우리에게 이미 몇 겹의 인연을 선사해준 듯하다. 김현경 여사가 지금도 너무나 생생하게 기억하고 있는 우리들의 아픈 역사와 시인이란 영광의 멍에를 함께 느낄 수 있기 때문이다. 또한 사랑과 인연이란 시어가, 이야기를 들을 때마다 참으로 진실하게 전해져오기 때문이다.

지나고 보면 세상사 결국은 좋고 나쁨이 없듯이 인연도 만남을 통해 서로를 알아가고 언젠가는 이별한다. 슬프지만 이것이 인생이다. 인연의 애와 증은 흔히 준 것과 받은 것을 저울질하기 때문에 생긴다. 하지만 김수영 시인과 김현경 여사는 인간관계가 쓸쓸해질 때마다 내가 전생에 무슨 빚을 졌나 보다고 훌훌 털어버리고 다음으로 나아간 듯하다. 현실의 삶에서 최선을 다해 사랑하는 김수영 시인을 위해 또 그가 남기고 간 가족을 위해 헌신의 삶을 살아온 김현경 여사야말로 인연을 숙명으로 받아들이며 잘 가꾸어오신 분이다. 그래서인지 김현경 여사를 만날 때마다 책 속의 김수영 시인을 다시 만나는 것 같다.

김수영 시인과 김현경 여사는 팔천 겁의 인연의 길을 따라 만났을 것이다. 영원할 사랑의 이야기 속 부부의 인연은 팔천 겁의 인연이 있어야 맺어진다고 한다. 인도에서는 인간계의 4억 3,200만 년을 1겁이라고 하니 천지가 한 번 개벽하고 다음 번 개벽할 때까지의 오랫동안을 말한다. 반드시 만나야 할 인연이라면 시공간을 초월해서 소통하려는 기가 넘치기에 몇 겁이 흐른들 다시 만나지 않겠는가. 한 겁마다 스쳐 지나간 인연들 중에는 아마 좋은 인연이 꽤 있을 것이다. 하

지만 나는 늘 어리석기 짝이 없어 좋은 인연을 만나고도 잘 몰라봤는
지도 모른다. 어쩌면 인연인 줄 알면서도 놓쳐버린 적이 더 많을 것이
다. 흘러가버린 시간은 어쩔 수 없지만 오는 시간이나마 귀하게 갈무
리해야겠다. 어디선가 놓쳐버린 당신을 다시 만난다면 유쾌한 인연이
될 수 있게 지금부터라도 인연의 소중함을 팔천 겁인 양 귀히 여겨야
겠다.

먼 곳에서부터

최기순

. . . .

인연
— 놋주발보다 더 쨍쨍 울리는 추억이 있는 한

구십 흰 머릿결로 작게 앉아 담담히 이야기를 풀어놓는 그녀는 하얀 씨앗을 바람에 날리는 민들레를 닮았다. 자기 혼자만 간직하기에는 너무 큰 사람의 이야기를, 연구자들과 학자들이 여전히 활발하게 탐구하고 발굴 중인 자기의 사랑, 김수영 시인에 대해서 여전히 할 말이 많다. 가장 가까이 체온을 느낀 사람이고, 김수영이란 인물이 가지고 있는 진실과 사적인 부분에 대해서 그녀만큼 잘 아는 사람이 또 있을까?

이 글의 주제인 인연이란 말은 얼핏 들으면 낭만적이기도 하고 아름답기도 하다. 그러나 좀 더 깊이 생각해보면 인연이 된 한 사람의 인생을 세밀하게 들여다보는 현미경 역할을 하기도 한다.

그녀를 처음 그녀의 집에서 만난 날은 그녀가 쓴 『낡아도 좋은 것은 사랑뿐이냐』 산문집 출간을 축하하는 자리였다. 김수영 탄생 100주년, 그 부인이 아직 생존해 있다는 신기함과 김수영 시인이 평생을 사랑한 그 연인에 대한 호기심으로 약간 설레며 저녁 분위기에 어울릴 듯한 모카 시폰 위에 연갈색의 꿀이 흐르는 케이크를 샀다.

처음 그녀의 거실로 들어설 때의 느낌은 미적 감각과 깔끔한 성정과 예술성이었다. 적소에 배치돼 있는 그림과 조각상들, 김수영의 유품들이 꽤나 정갈하게 놓여 있었다.

현관에서 맞아주는 그녀는 구십 세를 넘긴 노인이라기엔 여전히 아름답고 몸짓이 단아했다. 김수영이 누구인가, 그가 사랑한 여인 아닌가…… 자그마한 몸매에 여전히 맑은 눈동자와 총기를 지니고 있었다. 열 명 안팎의 손님을 대접한다고 손수 지은 찰밥과 정갈한 반찬들, 오래되었으나 깨끗하고 품위 있는 접시들을 들고 주방에서 이리저리 움직이는 구십삼 세의 이 여인을 보고 어떻게 감탄하지 않을 수 있겠는가.

그녀가 들려주는 남편으로서의 김수영은 결코 쉽지 않은 상대였다. 보통의 여자들이라면 억압된 시대적 분노와 시인 특유의 예민한 감수성으로 인해 성정의 기복이 심하고 가난하고 기행적인 그런 사람과 어떻게 잘 살아낼 수 있었을지 모르겠다.

　백 년에 하나 나올까 말까 하다는 우리 문학사에 길이 남을 김수영이란 큰 인물을 감당하느라 6·25 전쟁 전후의 절박한 상황에서 그녀는 가족의 생계를 도맡았다. 유복한 집에서 성장한 재원임에도 옷 만들어 팔기, 닭 키우기, 농사일 등 생활을 꾸려내는 데는 달인의 경지에 오른 이야기 속 그녀가 놀라워 나는 자꾸 눈이 크게 떠졌다. 갖은 풍상을 겪으면서도 현명하고 대차게 살아온 한 인간으로서의 일생에 숙연해지기도 하면서……

　그녀의 산문집, 『낡아도 좋은 것은 사랑뿐이냐』의 책머리에 쓴 글을 몇 줄 옮겨보면,

　　1940년대에 처음 당신을 아저씨로, 꿈 많던 한 문학소녀의 선생님으로 맺은 첫 인연이 부부의 연으로 이어져 이렇게 지금까지… 더는 내 기억 속에 늙지도 않는 당신, 기억 속의 당신은 48세의 모습으로 정지해 있는데 저는 서재의 유품을 피붙이처럼 안고 15번의 이사를 거듭하면서 이렇게 지독한 사랑의 화살을 꽂고 살고 있습니다. 당신이 쓰던 테이블, 의자, 하이데거 전집, 손때 묻은 사전과 손거울까지… 나는 아직 당신과 동거 중입니다.

　영화 〈타이타닉〉에서 처음 장면에, 한 늙은 여자가 커다란 반지를 끼고 주름투성이 얼굴 속 조리개가 날카로운 깊은 눈으로 이야기를

전개해 나가는 걸 인상 깊게 봤던 기억이 있다. 그 여자는 오래 살아 주름이 수없이 많은, 그러나 생생한 눈으로 타이타닉호의 마지막 종말에 대해, 그 절박했던 상황 속에서 빚어지는 인간 군상들의 심리와 태도들을 심도 있게 그려내며 여자와 남자의 숭고한 사랑 이야기를 펼쳐나간다.

그녀가 김수영이란 큰 인물과 살면서 겪은 희로애락을 담담히 들려줄 때, 나라면 그런 상황에서 어떻게 했을까 스스로를 되비춰보게 되었다. 이런저런 생활인으로서의 김수영 시인과 김현경 여사의 이야기들을 들으며 한 편의 유장한 소설을 읽은 것 같은, 어쩌면 내 나름대로 개안을 한 것 같다. 말하자면 사랑에 대해서 이전과는 다른 생각을 하게 된 것 같다.

사랑은 몸으로도 하지만 정신의 영역이라는 것, 마음이 함께하는 것, 어떤 불가피한 상황으로 해서 몸이 다른 곳으로 갔더라도 사랑하는 마음으로 해서 결국은 다시 돌아오는 것, 그래서 그의 곁에 끝까지 최선을 다해 남는 것.

세간의 오해도 있는 부분이지만, 김현경 여사가 자신의 책에서 밝혔듯이 교사 자리를 구하러 남편 친구를 찾아갔다가 억류돼 얼마간 그 사람과 살았다고 했다. 그러나 다시 김수영에게로 돌아와 남은 삶을 살았다. 그녀의 말로도 참혹한 시절이라고 했다.

그녀를 보면서 나는 한 가지 확신을 얻었다. 전에는 짧고 굵게 사는 것이 괜찮은 삶이라, 추해지기 전에 죽어야지, '꽃다운 나이에 요절'이란 말은 얼마나 매혹적인가 하는 생각을 갖고 있었는데, 이제는 천천히 오래 살면서 내가 살던 시대나 주변의 일들을 그녀처럼 증언해 보고 싶다는 생각이 든다.

얼굴에 겹겹이 접힌 주름 속에 자기가 살아온 한 세기의 이야기를 꼭꼭 눌러 담고 있다는 것, 그것을 풀어낼 힘과 근거가 있다는 것은 충분히 매력적이지 않은가? 날로 팽배해 가는 자본주의 시스템이 순간마다 쏟아내는 물량공세로 하루만 지나도 빛을 잃고 스러져가는 수많은 현대인의 삶의 가치와 의미들, 그런 것들 속에 자기 삶의 정체성과 기억을 오롯이 펼쳐 이야기해 줄 수 있다는 거.

주름 많은 얼굴에 깊게 빛나는 눈동자로 자기 사랑의 존재를 증언하는 매력적인 노인 상이 오래 기억에 남을 거 같다.
— 김수영, 「거대한 뿌리」 중에서

·····························

노년의 김현경 여사와 함께

1. 조우

학창 시절 교과서에서 만났던 수많은 시인들 중에 특히 김수영 시인은 전설 같은 인물로 기억하고 있었다. 그의 시는 다른 시인들과 다르게 사뭇 비판적이고 전투적인 모습으로 시작(詩作)의 교과서 같은 모습을 보여주었던 기억 때문이다.

근현대사에서 문단의 거목이던 김수영 시인의 체취가 용인에서 발견된 것은 지난 2012년 2월 용인시민신문사에서 발굴 취재한 '시에 몸을 내던졌던 내 남편 김수영'이 보도되어, 용인시 수지구 마북동에 김현경 여사가 기거하고 있는 사실이 알려지고 나서다.

취재 기자로부터 연락처를 받아 통화 얼마 후, 미리 전화로 방문

허락을 구하고 찾아뵙던 첫날부터 김 여사는 김 시인에 대한 일상은 물론이고, 발표 시의 날짜까지 기억하며 우리 한국 현대 문단사를 술술 꿰는 모습을 보고 너무나 놀랐다. 이처럼 살아 있는 현대 문학사를 여러 차례 듣고 나서는 이를 남겨야 하겠다는 의욕과 사명감이 타올랐다.

당시 용인 지역 문협을 맡고 있던 나는 거목 김수영 시인의 체취가 담긴 시작품 및 시에 담긴 시작 배경 등에 관심을 갖고 망설이다가, 드디어 김수영 시에 대한 궁금증을 풀기 위해 장시간 인터뷰를 시도하였다. 그러나 여러 가지 충분치 못한 자료와 시간의 제약 등으로 김수영 문학에 대한 전반적인 갈증 해소에는 한계가 있다고 생각하지만, 그해 용인 문협 정간지에 그의 인터뷰 원고를 실어서 소개하였다. 그해 문단 원고 중에 가장 무겁고 의미 있는 기고문이 되지 않았나 생각한다. 지나서 생각하면 다소 빈약한 원고였지만, 당시로서는 용인 지역에서 누구도 시도하지 않았던, 김 여사를 통한 김수영 시인의 시작(詩作) 의미와 취지 등을 간접적으로나마 알 수 있는 기회를 갖게 된 것을 다행으로 생각한다.

그 후 그 원고는 본인 블로그를 통해 여러 문인들에게(특히 모 대학 문예창작 교수가 퍼간 뒤로는) 널리 전파되고 읽히고 있으니, 다소나마 김수영의 문학을 전파한 데 보람을 느낀다.

이런 기회에 김수영 문학에 대한 올바른 이해와 분석에 조금이라도 도움이 되지 않을까 하는 소견에서 시도한 것이어서, 수많은 김수영

먼 곳에서부터

시를 모두 거론할 수 없었지만 김 시인을 이해하는 데 도움이 될 만한 시 몇 편을 골라서 시작의 배경과 시대 상황, 그리고 시작에 따른 비하인드 스토리 등을 듣는 방식이었다.

그러나 김 여사의 육성 녹음을 수차례 풀어 장시간 원고 작성을 하면서 김수영 시인의 생애를 한꺼번에 읽을 수 있는, 다시 없는 중요한 기회가 되었다. 이러한 내용은 「시인의 그림자를 찾아서」란 제목으로 2012년 『용인문단』에 장장 26페이지에 걸쳐 상세하게 소개되었다.

특히 김 시인의 작품에서 특이한 시는, 그의 극적 생존 드라마 같은 인민군에 체포된 후 강제 북송길에서의 탈출과 포로수용소 생활 등을 그린 「조국에 돌아오신 상병포로(傷病捕虜) 동지들에게」와 「김일성 만세」일 것이다.

> 그것은 자유를 찾기 위해서의 여정이었다/
> …(중략)…
> 내가 6 · 25 후에 개천(价川) 야영훈련소에서 받은 말할 수 없는 학대를 생각한다/북원(北院) 훈련소를 탈출하여 순천(順川) 읍내까지도 가지 못하고/악귀의 눈동자보다도 더 어둡고 무서운 밤에 중서면(中西面) 내무성(內務省) 군대[1]에게 체포된 일을 생각한다/
> …(중략)…
> 그리고 나는 평양을 넘어서 남으로 오다가 포로가 되었지만/내가

---

1 평안도 개천군의 지역으로서 군의 서쪽에 있으므로 중서면이라 함-그 남북도 경계에 순천읍이 있다. 평양 이남쪽에 위치

만일 포로가 아니 되고 그대로 거기서 죽어버렸어도/아마 나의 영혼은 부지런히 일어나서 고생하고 돌아오는/대한민국 상병포로와 UN 상병 포로들에게 한마디 말을 하였을 것이다/〈수고하였습니다〉(1953.5.5)

여기까지만 보아도 개인 김수영은 6·25를 온몸으로 관통하고 남을 일이었다. 전쟁이 나자마자 피랍되어 북으로 끌려가는 모습과 탈출과 체포, 그리고 포로수용소로 수용되는 그의 행로가 아슬하기만 하다. 최하림이 쓴 『김수영 평전』에는 이보다 더 많은 이야기들이 기록돼 있는데, 김 여사의 증언보다 다량인 것에 대해 김 여사는 "엉터리고 어디서 들은 얘긴지 알 수 없다"고 혹평을 했다.

우선은 그의 북송 길이 평안남북 경계인 개천군 북원 훈련소까지 끌려간 것인데, 그곳은 평양 남부 지역쯤으로 추정된다. 그러나 위의 시에서 보면 "평양을 넘어서 남으로 오다가 포로가 되었지만"이라는 부분을 보면 평양을 넘어서 더 북쪽까지 끌려갔었다는 사실이 적시돼 있다. 따라서 그의 시구절이 무엇보다 정확하다는 생각을 한다.

위의 시는 포로수용소에서 나온 지 얼마 안 되는 1953년 5월 5일로 날짜가 기록되어 있다. 그가 절규하듯 내뱉는 시에서 그것은 자유를 찾기 위해서의 여정이었고, 가족과 애인과 그리고 또 하나 부실한 처를 버리고 포로수용소로 오기 위해 집을 버리고 나온 것이 아니라, 포로수용소보다 더 어두운 곳이라 할지라도 자유가 살고 있는 영원한 길을 찾아 나왔다는 것을 알 수 있다. 반공포로 얘기를 써 달라는 부탁을 받고 써준 시라는데, 본인은 별로 좋아하지 않는 억지로 쓴 시라지만, 분명 그의 행적을 더듬어볼 수 있는 유일한 개인의 서사시이다.

다음은 그의 유명 시 「김일성 만세」 일부이다

'김일성 만세'/한국의 언론자유의 출발은 이것을/인정하는 데 있는데//이것을 인정하면 되는데//이것을 인정하지 않는 것이 한국/언론의 자유라고 조지훈이란/시인이 우겨대니//나는 잠이 올 수밖에//'김일성 만세'

그는 이 시를 갖고 몇 군데를 들려 발표하고자 찾아갔으나, 각 출판사나 신문사에서는 회사 망한다고 벌벌 떨면서 되돌려 보냈다. 그래서 또 제목을 「잠꼬대」로 고쳤으나, 그 시 각 행에 들어가 있는 "김일성 만세"라는 시어는 고칠 수가 없었으니 싣기 어렵기는 마찬가지였다. 다른 출판사 등에서도 역시 못 싣겠다고 거부당했다. 그래서 봉투에 '보류'라고 써놓고 기다렸는데, 결국은 사후에 어디엔가 발표가 되었다. 전집에도 나온 것으로 기억하고 있으나, 김수영 전집의 구판이나 개정판을 몇 번을 찾아봐도 이 시는 없었고, 2018년 신판에 겨우 실렸다.

이 시의 문제는 그때나 지금이나 '김일성 만세'라는 다섯 글자가 불온한 시어라는 것인데, 이는 그를 찬양하는 게 아니라 언론자유의 한계를 말한 것이었으나, 결국 그 무시무시한 국가보안법 앞에서 좌절

'시, 북에서 놀다' 주민초청행사

할 수밖에 없었다. 그 후 4 · 19의거가 나고 민주 의지에 대한 강렬한 의견을 『동아일보』에 써서 보냈더니, 아주 흡족해 하던 편집부가 전국에 즉각 계엄령이 선포되고 강력한 통제를 하니 이름 빼곤 글자도 없이 하얀 조판 백지로 나왔다고 한다.

2. 초대

벌써 9년 전인 2012년 10월 3일 용인 처인구 이동면 송전리 송전초등학교 체육관에서 지역주민 500여 명을 초청하여 펼쳐진 경기문화재단 지원 '우리 동네 콘서트–시, 북에서 놀다'를 용인문협이 개최하였는데, 이 행사에 김현경 여사를 초청하여 시낭송 콘서트와 국악 공연을 펼쳤다. 당시 용인시장과 정치권이 모두 총출동하여 참석한 가운데 문학계에선 김 여사가 유일하게 초청 인사로 소개하는 시간을

먼 곳에서부터

가졌다. 이어 대북 소리를 시작으로
시낭송 '시 북에서 놀다'의 주제로
시낭송과 아리랑 예술단이 아름다
운 국악 무대를 선보여 즐거운 시간
을 가졌다. 그때 비로소 용인 시민
들께 김수영 시인이란 존재와 그 부
인인 김현경 여사를 알린 기회가 되
었다.

김현경 여사

  그리고 당해 11월 용인문화재단 작은 공연장에서 열린 용인문협
『용인문단』 발간식에 김 여사를 비롯하여 각계 다수 축하객이 참석하
였는데, 바로 옆자리에 용인시장과 앉게 된 김 여사가 당시 김학규 용
인시장을 댁으로 초청함으로써 두 분 간에 약속이 이루어졌다. 그러
고 얼마 후 초대 일정이 확정되고 저녁 식사를 하게 되었는데, 김 여
사의 특유의 음식 솜씨로 장만한 식사는 간소하면서 맛깔나는 메뉴
로 차려졌다. 식사 후 김수영 문학에 대한 대담과 유품을 둘러보며 많
은 정담을 나누었으며, 김 여사가 용인시에 문학관을 세웠으면 하는
의사를 전달한 기억이 있다. 문제는 독립적인 문학관 설립과 자주적
이고 영구한 문학관 자체 운영을 위해 문학관 1층엔 문학 카페를 설
치하여 서적 판매와 시낭송 등 공연을 동시에 할 수 있는 공간 운영을
주장한 것이다. 결국 협의는 지속되지 못하고 김 시장의 재선(再選)이
이루어지지 못하면서 논의는 중단되었다. 지금도 아쉬운 부분이다.

그 이후에 반대로 김 시장이 김 여사를 저녁 초대를 한 적이 있었는데, 그 시간이 저녁 러시아워라서 도로에서 발을 동동 구르며 찾아가니, 시장을 비롯한 재단 대표 등이 약 20분간 정도 기다리는 중이었다. 김 여사는 늦은 변명으로 '옛날로 치면 사또 나리를 기다리게 한 죄가 가볍지 않다'며 웃었다.

3. 시극 〈김수영을 위하여〉

2013년 11월 27일, 김수영 시인이 태어난 날에 맞춰 '김수영 문학관'에서 강연 등 행사가 있어서 아침부터 부산을 떨어 김 여사와 도봉구에 갔다가 그날은 용인문협에서도 송년 문학제가 열리는 날이라서 행사 중 먼저 자리를 떠나왔다. 그리고 저녁 7시 용인문화재단 포은 작은홀에서 식전 행사로 김수영 시극을 경기시낭송협회 회원들이 공연한 〈김수영을 위하여〉는 용인의 주요 인사들과 김현경 여사가 참석한 가운데 뜻깊게 열렸다. 이것이 용인에서 김수영 시인을 추모하고 제대로 알리는 계기가 되었고, 경기시낭송협회가 발돋움하는 시발점이 되었다.

경기시낭송협회가 그 행사 전에는 아마추어였다면, 그 행사가 개런티를 받는 기회가 되어 그 후 전국적으로 활동하게 되었다. 그 후 2013년 12월 8일에 〈오산 시낭송 콘서트〉에서 집중적으로 김수영 시극으로 김수영을 조명하였는데, 이 자리를 빌려 김 여사는 경기시낭

〈오산 시낭송 콘서트〉의 행사 팜플렛

송협회 배명숙 회장에게 감사장을 자필로 써서 고마움을 전했다.

그리고 2014년 6월 15일 김수영 문학관에서 주관한 '김수영 시여, 침을 뱉어라' 행사에 경기시낭송협회가 재능 기부 형태로 시극을 펼치게 되어 다수의 회원들이 참가하여 그 행사의 주 공연으로 자리 잡았다. 나 역시 김 여사와 같이 참여하여 응원하고 기념촬영도 하고 돌아왔다. 또한 그들은 2015년에도 경기문화원이 광주문화예술원에서 주최하는 '2015 페스티벌 31'에 참여하여 김수영 시극을 펼쳐서 큰 호응을 받는데, 훌륭한 시설 공연장에서의 화려한 조명을 받으며 공연한 김수영 시극은 환상의 절정이었다. 폐막 후 김 여사가 무대에 올라 함께 촬영하고 단원들을 격려했다.

또한 2015년 12월 8일 국회 별관 대회의실에서 펼쳐진 '송년 예술

서울 남산예술드라마센터에서 열린 연극 공연
〈왜 나는 조그만 일에만 분개하는가〉

총연합회콘서트'에서도 김수영 시인의 대형 초상화를 내걸고 경기 시낭송 회원들이 김수영 시인에 대한 시극을 열정으로 펼쳤는데, 여러 팀들 중에 가장 특이하고 의미가 깊은 공연이었다. 그 추운 겨울날 복잡한 여의도 길을 지나 국회 대회실에 김 여사와 참석했다.

또한 2014월 11월 4일부터 11월 30일까지 서울 남산예술드라마센터에서 펼쳐진 〈왜 나는 조그만 일에만 분개하는가〉라는 연극 공연이 전문배우들의 수준 높은 열연으로 장기간 열렸다. 며칠도 아니고 거의 한 달간 열린 공연에 김 여사와 주위 동료 시인들이 다수 참여하여 관람하고 공감하며 의미를 되새겼다. 그때만 해도 김 여사가 승용차를 운전도 하던 시절이었다. 지금은 사진만 남을 뿐 그때의 배우들은 아득하지만, 특히 강신철 배우는 드라마에서 익히 많이 보아온 터라 인사를 나누었다.

2019년 8월 31일부터 9월 8일까지 인천문화예술회관에서 인천시

먼 곳에서부터

립극단이 공연한 〈시인 김수영의 자유와 꿈 – 거대한 뿌리〉가 열흘간 펼쳐졌다. 서울도 아니고 인천 지역에서 장기간 김수영 시인을 조명코자 하는 연극 무대는 참으로 귀하고 고마운 자리가 아닐 수 없었다. 이 같은 보도를 접하고 김 여사께 알리니 고마워하며 찾아가자고 하였다. 해당 연출가 박근형 교수에게 연락하고 김 여사와 관람코자 한다고 전하자, 쾌히 초대 의사를 밝혀와 결국 9월 7일 2시 공연을 관람키로 했다. 그런데 강풍이 역대 5위라는 태풍 '링링'이 남부를 휩쓸고 올라와 피해가 속출하는 상황이었는데도 강풍 위험을 무릅쓰고 참석하였다. 주차장에서 공연장까지 우산이 필요 없을 정도의 강풍을 밀고 가며 도착하니 회관 앞까지 김 교수가 마중을 나왔다.

많은 준비와 노력으로 공연은 두 시간 정도 장시간 펼치며 열연으로 마무리되었고, 드디어 김 여사가 소개되었다. 무대에 내려가 공연 배우들을 격려하며, 김수영 책도 나누어 주고 기념촬영을 하는 것으로 마무리되었다. 김수영을 알리기 위한 행사라면 험로를 마다않고, 전국 곳곳 김수영의 그림자를 따라 달려가서 자리를 빛내준 김 여사의 열정에 박수를 보내고 싶다.

4. 김 여사의 투병

김 여사는 나와 2011년에 처음 만난 이후, 2012년 봄쯤으로 기억하는데, 용인 기흥구에 있는 '강남병원'에 입원한 것을 시작으로 병원 신세를 지기 시작했다. 그러니까 84세경부터 두루 건강이 약화된 것 같다. 2012년 인터뷰 때만 해도 활기찬 모습으로 시에 대한 해석과 이런저런 비하인드 스토리를 들려주고 자료도 여러 편 보여주며, 서너 시간씩 인터뷰에 응할 만큼 대화와 식사에는 별문제가 없었는데, 그 후 병원을 계속 다니게 되었다.

그런데 2014년 봄쯤인가, 이른 아침에 두통 등으로 서울대병원으로 간다며 전화가 왔다. 출근을 미루고 부지런히 분당의 서울대병원에 찾아가니, 다른 전국 대학병원처럼 때마침 그 병원도 파업 중이었다. 환자는 몰리고 최소 인원이 나와 환자들과 장사진을 이루며 북새통이었다. 김 여사를 찾아보니, 링거를 꽂고는 응급실 복도를 의자도 없이 배회하고 있는 모습이 보였다. 아무리 생각해도 이 파업이 단시일에 끝날 일이 아니었다. 우선 통증을 호소하는 김 여사가 입원할 병원이 필요하여 처인구에 있는 다보스 종합병원과 통화를 해보니, 마침 그들은 정상 운영 중이었다. 링거를 뽑고 내 차를 타고 처인구로 이동하여 진료 후 입원하였다. 병명은 어린이들이 자주 걸린다는 뇌수막염인데 세균성이나 결핵성 뇌수막염은 조기에 발견해서 치료하지 않으면 매우 위험할 수 있고, 다행히 좋아진다고 해도 후유증이 많이 남는다고 항생제, 진통제 등을 투여해 통증이 감소되었다. 그러나 다음 날 오후쯤 되어서는 중요 치료 등을 결정하기 위해서 직계 보호자가 필요하다고 했다. 아들인 김우 씨에게 전화로 사실을 통보하니 서둘러 도착했다. 담당 의사와 면담 중 들은 설명으로는 결국 의료시설이 부족해서 더 이상 치료에 전념할 수가 없다고 손을 들었다.

어쩔 수 없이 하룻밤을 지나고 다음 날 아침 중환자실로 찾아뵈니, 전날엔 멀쩡하던 것과 다르게 김 여사는 말도 못 하고 눈까지 감은 혼수상태의 중환자가 되어 있어, 깜짝 놀라 간호사에게 물으니 수면 상태라고 하였다. 김우 씨와 협의하여 환자가 편하도록 수면제를 사용한 것이었다.

결과적으로 필요 장비 부족으로 더 이상 방치할 수 없으니, 김우 씨와 다시 서울대병원 이동키로 하고, 내가 먼저 서울대병원에 가서 기다리면 앰뷸런스로 환자를 보내서 치료 수속을 진행키로 하고 먼저 떠났다. 드디어 환자는 왔는데 하염없이 기다리라는 진료진과 실랑이 한 끝에 응급실 침대에 누이고, 또 손도 안 대고 기다리는 시간이 마냥 갔다. 참으로 답답한 시간이 가고 또 의료진과 실랑이 끝에 의사가 와서 겨우 진료가 시작되었다. 그다음 날 어찌 입원실이 배정되었으나, 환자는 여전히 깊은 수면 상태였다. 입원한 며칠 동안은 계속 수면 상태였고, 얼마 후 면회 중 김 여사는 내게 '내 연설 어땠어요?'라고 물었다. 아직 깨어는 있어도 반수면상태였다. 결국 항생제로 치료는 되었으나 평소 면역력이 떨어진 상태로 밝혀져 적극 치료하여 보름쯤 퇴원하였다. 그 후로 언제부터인가 노인들의 면역이 저하되면 모든 발병이 극성이라는 얘기를 듣고 면역증강제인 인삼액을 상시 복용할 수 있도록 챙겨 드리고 있다.

그 후 2019년 초쯤에 김 여사께서 온몸을 운신할 수 없는 통증에 대한 호소로 연락이 왔다. 허리 통증을 시작으로 복합적인 통증과 기진한 상태라고 연락이 와 긴급히 병원을 수소문했으나 여의치 않았다. 고심 끝에 평소 알고 지내던 용인정신의료원의 이사장에게 협조 요청을 하였더니, 즉시 앰뷸런스를 보내주어 무사히 효자병원에 입원했다. 치료가 순조롭게 진행되어 약 열흘쯤 후엔 퇴원하기에 이르렀는데, 이때 앰뷸런스로 귀가시켜주는 성의를 보여주었다. 더구나 고마운 것은 김 여사의 여러 가지 사정을 감안하여 이사장이 병원비도 전액 부담해주었다.

잘 지내시다가 2019년 3월쯤인가 해외여행을 다녀오곤 곧바로 다시 연락이 왔다. 허리가 끊어질 듯이 또 통증이 온다고−.

다시 자연스럽게 그 이사장에게 통화하니 여전히 앰뷸런스를 보내 입원시켜 주었다. 그러나 이번엔 같은 병원 구역에 별도로 설립된 '경기도 노인전문 용인병원'이었다. 역시 보름간 입원 중에 이사장이 직접 병문안도 자주 오고 신경을 써주어 브이아이피(VIP) 대접을 받았다. 그런데 4월 초순, 이번엔 내가 슬슬 열이 나면서 두통이 오고 견딜 수 없어 평소 다니던 서울 삼성의료원에 연락하니, 즉시 입원하라 하여 일주일간이나 입원하게 되니 찾아뵐 수 없었다. 김 여사는 아들 김우 씨가 잘 챙기고 있어서 걱정은 없었다. 내가 먼저 퇴원하여 입원실에 가보니, 김 여자는 거의 회복이 되어 식사와 거동을 잘 하셨다.

그 후 곧 퇴원하여 자택에서 뵈니 해쓱한 모습일 뿐 통증은 거의 없었고 잘 관리하고 계셨다. 올해 95세가 되시는데 2월에 코로나 병란 중에 미국에 사는 손녀를 보러 다녀오셨어도 별 무리가 없어 다행이다.

5. 김수영 문학에 대한 열정

2017년 11월 24일 용인시청 내 컨벤션 홀에서 그간 준비해온 공동 산문집 『우리는 영원하고 사랑도 그렇다』 출판식을 여러 시인과 함께 열었다. 김수영 시인만을 위한 문학 행사를 용인시청에서 처음 열리게 되어 의미 있는 순간이었다. 이 책은 김수영 시인 50주기를 앞두고 김현경 여사를 비롯하여 주위에 김수영을 사랑하는 문인들이 원고를 내서 출판한 것이었다. 이번 행사에 용인시의 협조로 '컨벤션 홀'을 빌려주어 행사 플래카드를 걸고 곳곳에 비치된 꽃바구니. 꽃다발을 옮겨 놓기만 해도 화사한 무대가 꾸며졌다. 그리고 축시 등 공연은 역시 경기시낭송 회원들이 재능 기부로 풍성하게 채웠으며 필자들이 한 구절씩 낭독하는 순서도 가졌다.

2018년 6월 9일 '김수영 50주기 추모 시낭송회' 행사를 용인시청 컨벤션 홀에서 열었다. 여러 곳에서 많은 문우들과 지역 문인들도 자리를 같이했다. 서울에서도 각종 학술행사가 있었고 김수영 문학관에서도 강연이 이어지는 등 작고한 지 50년이 지나도 김수영 문학 열기는 더한층 고조되었다. 당시 김수영 문학관에서 이성복 시인이 강연하는 날 김 여사와 참석했는데, 조은주 시낭송가가 먼저 와 있었다. 이성복 시인의 강연 중에 질의응답이 끝나고 조은주 씨가 당당하게 앞에 나가 축시 낭송을 해주어 행사 분위기가 한층 달아올랐다.

'김수영 시인 50주기 추모 시낭송' 행사에도 주변의 많은 시인들이 물심양면으로 나서 주었으며, 추모 시낭송 등 행사는 역시 경기시낭송 회원들이 대거 참여하면서 품위 있고 다양한 무대를 가득 채워주었다. 특히 남기선 시낭송가는 매번 주도적으로 준비하고 챙겨나가며 군말 없이 풍성한 무대를 선사해주어서, 다행스럽고 감사할 따름이다. 아마 탄생 100주기 기념 산문집 발간식도 이와 같이 수고하고 도와줄 것으로 믿는다. 그들도 같은 문학 동지들이니까.

2019년 가을쯤으로 기억하는데 군포문화재단의 문학 강의를 김수영연구회의 임동확 교수가 진행한다고 공지가 떴다. 거리도 멀지 않아서 수업 개시일과 종료일에 격려와 성원차 방문하여 수업을 참관하고 몇 가지 논의에 대해 김 여사가 응답해주는 순서로 참가했다. 수강자나 강의자나 교과서 속의 인물이 직접 나타나 수업을 함께하니, 더없이 훌륭한 강좌가 열린 것이다. 김 여사가 이 강의에 참가한다니까 군포문화재단의 담당 부서장이 꽃다발을 전해주었고, 이 강좌가 유명해지자 종강 후에도 강의 기간이 연장되었다는 전언을 들었다.

6. 끝나며

 그간 김수영의 문학을 탐독하면서 그의 문학세계가 가볍지 않음에 끊임없는 연구 노력이 필요하다고 생각하고 있었다. 따라서 그에 대한 자료라면 무엇이든 수집하고 복사하는 버릇이 생겼다. 김수영에 대한 책이라면 연구서나 심지어 세미나 자료까지 꼼꼼하게 챙겨두었다. 원고 분량 관계로 이번에는 모든 얘길 다 할 수 없었지만, 언젠가 기회가 되면 모든 자료를 포함하여 김수영 문학에 대한 얘기를 산문 형식으로라도 책을 쓰고 싶다는 생각을 한다.

 특별하게 장르를 정하지 않고 두루 사는 얘기를 편안한 생각으로 주절거리다 보면 그것이 김수영을 이해하는 데 도움이 될 거라는 소박한 생각이다.

 김수영 문학이 한국 현대문학사에 길이 빛나는 역사가 되었고, 그의 숨결이나마 느낄 수 있는 기회가 닿아서 다행으로 생각한다.

 끝으로 김현경 여사님의 건강을 응원하며 행복하시길 기원한다.

제5부

. . . .

큰고모님

"북망산천이 멀다더니 뒷산이 북망산일세."

"어~호 어~호 어호 넘자 어~호."

"이제 가면 언제 오나 오실 날을 알려주오."

"어~호 어~호 어호 넘자 어~호."

요령잡이가 요령을 흔들며 선창을 메기자 상여를 멘 상여꾼들이 후창으로 받으며 산길을 오른다. 상엿소리가 날아오르는 봄 하늘은 참으로 맑고 푸르다. 마을을 빙 둘러친 산은 그지없이 깨끗하고 아름답다. 나는 상여꾼들의 상엿소리를 들으며 행상의 뒤를 따른다. 맑은 날 듣는 상엿소리는 묘하게 슬프다. 이렇게 좋은 세상을 두고 떠나가는 망자가 그저 안쓰럽고 애처롭게 여겨지는 것이다.

그렇지만 상엿소리가 있어 상주나 조문객들은 슬픔에 쓰러지지 않는다. 끊어질 듯하면서도 이어지는 상엿소리의 가락이 사람들을 이끄는 힘이 되고 있는 것이다. 그리하여 사람들은 울기도 하면서 마치 장터에 모인 것처럼 이런 얘기 저런 얘기를 나누면서 상여를 따르는 것이다. 아마 이런 모습이 한국인의 한(恨)이리라. 한을 그 무엇이라고 한마디로 말하기는 어렵지만 억울하고 아쉽고 슬프고 원망스럽고 서럽고 외롭고 허무하고 후회되고 체념하고픈 등의 어두운 감정과, 용서와 이해와 오기와 다짐 등의 적극적인 감정이 뒤엉켜 있는 것인데, 상엿소리에 여실히 담겨 있는 것이다.

큰고모님은 생전에 집안일밖에 모르셨다. 하늘 아래 첫 동네라고 볼 수 있는 산골마을에 시집가서 집안일만 하느라 좋은 데에 구경 한 번 간 적이 없고 좋은 옷 사서 입은 적이 없으며 맛있는 음식 어디 가서 사 드신 적이 없으셨다. 그런데도 삼대독자의 며느리로서 아들을 낳지 못하고 딸만 넷을 낳은 바람에 며느리다운 대우를 받지 못했고 아내다운 사랑도 받지 못했다. 고모부에 비해 학력이 낮아 가정생활에도 어려움을 겪었다. 그래도 고모님은 출가외인의 도리를 다하기 위해 시댁의 형편을 친정에 와서 함부로 말하지 않았다. 그리고 딸들을 잘 키웠고 이웃들과 사이좋게 지냈으며 재산을 늘려 근동에서는 제일 잘사는 집안으로 일으켜 세웠다. 그리하여 딸들이 모두 출가해서 어머니를 따라 착하고 열심히 살아가며 나름대로 효도를 다하고 있는데, 그만 뜻밖의 병으로 세상을 뜨신 것이다. 향년 71세, 한참 더 사실 연세이므로 못내 아쉽다.

큰고모님이 시골의 병원에서 췌장암 판정을 받고 다시 확인하기 위해 서울에 있는 병원으로 오셨을 때, 차에서 내리자마자 나를 찾았다고 했다. 아들이 없는 형편이어서 집안의 장손인 내게 많은 기대를 가지고 계셨던 것이다. 나는 그 사실을 고종사촌들로부터 전해 듣는 순간 찡한 감정에 휩싸여 나도 모르게 눈물을 흘렸다. 바깥일을 전혀 모르는 고모님은 내가 문학을 전공하는 것이 구체적으로 무엇을 하는 일인지, 살아가는 데 얼마나 유용한 일인지 당연히 모르신다. 그저 장조카가 하는 것이니 옳고 바람직한 일이고, 집안을 드높일 수 있는 일이고, 형제들과 자식들을 잘 챙길 수 있는 일이라고 믿고 계신 것이다. 그러한 고모님의 기대에 비해 나의 처지가 그렇지 못하니 그저 죄송하다.

시골에서 생전 듣지도 보지도 못했던
췌장암이 믿기지 않아
서울의 큰 병원에 확인검사를 받으려고 올라오신 큰고모님
차에서 내리자마자

여기 문재가 사는데, 문재가 사는데……

서울의 거리를 메운 수많은 사람들과 차들과 상점들 사이에서
장조카인 나를 찾으셨단다

나는 서울의 구석에 처박혀 있어
어디에서도 찾기 어려운데
어디에서도 찾을 수 있다고 생각하신 것일까

나는 목덜미에 찰랑찰랑 닿는 목욕탕의 물결에도
칼날에 닿은 듯 어지러움을 느끼고 있는데
콧노래를 부른다고 믿으신 것일까

지하도로 들어오는 한 줄기 햇살만큼이나 보고 싶었지만
내게 부담된다고 아무 연락도 안 하고
하늘까지 그냥 가신 큰고모님

아귀다툼의 이 거리를 헤치고 출근하다가 문득
당신의 젖은 손 같은 안부를 듣는다

— 맹문재, 「안부」 전문

　　나는 살아가기가 바빠 큰고모님이 편찮으시다는 말을 듣고도 찾아
뵙지 못하고 지난 설 때 겨우 잠깐 뵈었다. 병마와 싸우느라고 예상했
던 것보다 초췌한 모습이셨다. 그러면서도 나를 걱정하느라 자꾸 음
식을 권하셨고, 힘든 몸이었지만 현관문까지 나와서 배웅하셨다. 바
쁠 텐데 어서 가라고 손짓하며 하염없이 나를 바라보시던 모습이 눈
에 선하다. 내 앞가림도 제대로 못 하면서 살기 바쁘다는 핑계로 제대
로 살펴드리지 못한 것이 거듭거듭 죄스럽다.

상엿소리를 들으며 다시 올려다보는 하늘은 참으로 맑고 깨끗하고 산들은 어느 한구석도 빠지지 않고 잘생겼다. 그리고 산에서 내려다보는 동네는 조용하고 아담하기만 하다. 이 평온한 봄날, 나는 큰고모님을 하늘로 메고 가는 상여꾼들의 상엿소리를 듣는다. 천상과 지상을 잇는 그 소리를 따라 길을 오르며 나는 절을 한다. 큰고모님, 부디 평안하소서.

....

동석이 어머니

나는 이번 추석에도 고향에 내려가서 동석이의 집에 들렀다. 지난 해와 마찬가지로 동석이도 동석이의 어머니도 보이지 않았다. 그 대 신 동석이의 집에는 다른 사람이 들어와 살고 있었다. 나는 동석이와 동석이의 어머니가 당연히 없을 것을 알았으면서도 쓸쓸함을 좀체 가 라앉힐 수가 없었다.

동석이는 나의 불알친구이다. 우리 마을에는 나와 동갑내기 친구 가 열 명이나 되었지만 이상하게도 여자아이들이 많은 데 비해 남자 아이는 동석이뿐이어서 초등학교 때부터 중학교 때까지 늘 같이 다녔 다. 내가 공부를 조금 더 잘한다고 우쭐대며 무슨 부탁을 해도 동석이 는 싫은 내색 한번 짓지 않고 들어주었는데, 그만큼 동석이는 순박했 고 나를 좋아했다. 초등학교 3학년쯤이었을까, 동석이가 경북 상주에 있는 친척 집에서 학교를 다닌다고 전학을 간 적이 있었다. 나는 동석이가 없는 날들이 얼마나 외로웠는지 꿈속에서도 자주 만났다. 그러던 어느 날 오후, 반 학기 만에 새 옷을 입을 입고 내 이름을 부르며 동석이가 나타났을 때, 나는 얼마나 반가웠는지 눈물이 다 났다. 아마 내가 동석이를 보고 싶어 했던 것처럼 동석이도 내가 그리웠던가 보았다.

동석이의 어머니는 혼자였다. 그 사정은 정확히 모르지만 남편이 강원도 어느 광산에 다니다가 사고가 나서 죽는 바람에 어린 아들을 데리고 우리 마을에 들어왔다고 이웃 어른들이 하는 말을 어렸을 때 들었다. 아들과 딸이 한 명씩 있는데 아들은 경상도 어디에서 양봉치는 일을 하고, 딸 역시 경상도 어디에서 결혼을 해서 살고 있다는 것도 들은 기억이 난다. 동석이 어머니는 밭 한 뙈기 없이 남의 밭을 얻어 부치는 것으로 한 해 한 해 어렵게 살아가고 있었다. 그러면서도 동석이를 고등학교까지 공부시킨 것이다. 남자 어른들처럼 지게를 지고 밭으로 가는 동석이 어머니의 모습과 어쩌다 집에 가보면 보리밥에 간장과 신 김치 조각밖에 없는 밥상이 지금도 눈에 선하다.

그런데 내가 고등학교를 동석이와 다르게 진학하고 사회생활을 서로 다른 곳에서 하면서 잘 만날 수 없었다. 기껏해야 추석이나 설 같은 명절 때 보는 것이었다. 그러던 어느 해부터 동석이가 보이지 않았다. 명절 때 고향에 가서 동석이 어머니에게 인사를 드리려고 들러서 동석이 왔느냐고 물어보면 대구에 있는 형네 집에 차례를 지내러 갔다고 전해주었다. 나는 그때마다 아쉬웠지만 그러려니 하고 발길을

돌렸다. 그런데 몇 해 전 추석 때 어머니가 동석이가 글쎄 죽었다지
않냐 하고 알려주는 것이었다. 나는 너무 뜻밖이어서 어디서, 어떻게,
언제 등을 다급히 물으면서, 도저히 믿을 수가 없었다. 죽은 지가 꽤
여러 해 된다는구나 하고 어머니도 아쉬워했다. 유일한 희망으로 키
워온 아들이기에 청천벽력 같은 그 일을 동석이 어머니는 누구에게도
얘기할 수 없었을 것이다. 홀로 슬픔을 삭이면서 살다 간 동석이 어머
니를 생각하면 안쓰럽기가 그지없다. 동석이는 군대를 제대하고 돌아
와 직장을 잡으려고 준비하는 동안 잠시 중국집에서 자장면 배달하는
일을 했었는데, 그만 덤프트럭에 깔려 죽은 것이었다.

바위 틈새로 줄을 끼우며
주낙을 놓고 있어 동석아
도랑물 저 아래쪽에서 저녁 어둠이
걸어오는데 너도 오지 그러냐
한낮에 흘린 땀 씻었으면
담배나 한 대 빨고 돌아가지
나이 서른이 되어서도 이 짓이냐구
그래도 놓고 싶구나
너를 내 색시처럼 기다리고 싶구나
메기가 물리든 뱀장어가 물리든 또
입 낚시면 어떠냐
네가 중국집 배달부로 짜장면을 싣고 가다가
덤프트럭에 깔려 죽었다는 얘기를

일 년 만에 돌아온 고향에서 들었단다

박박머리에 까만 고무신 신고

주낙을 함께 놓던 우리들였잖냐

초저녁 별들이 하나둘씩 용소 속으로 박혀

내 작업장의 용접불처럼 빛나는데

우우 나도 타고 싶구나

뱀장어가 걸릴까 메기가 걸릴까

남아 있는 세월 동안 네 것까지

기다리며 타마 동석아 불알친구야

— 맹문재, 「주낙을 놓으며」 전문

동석이 어머니는 이태 전에 세상을 떴다. 나는 부음을 어머니로부터 들었지만 바빠서 찾아뵐 수가 없었다. 동석이 어머니는 꽤 큰 밭도 남겨 놓고 농협에 예금도 꽤 많이 해놓아 장사 지내려고 온 아들과 딸이 나눠 가졌다는 말도 들었다. 당신 스스로는 돈을 쓸 줄 모르고 오직 자식을 위해 한평생을 살다 간 어머니이다. 만약 동석이가 살아 있어서 장가를 들고 손자를 보아 명절 때 찾아왔다면 속곳 깊숙이 감춰 놓은 재산을 손주들에게 주었을 텐데.

박설희

....

몸 한 채 짓고 허무는 일

평생 방 한 칸 전전하다가 모처럼 당신의 명의로 집 한 채 등기해놓은 지 일 년도 채 안 돼 돌아가신 아버지의 새 집은 흙으로 쌓아올린 집이었다. 이름과 번지가 적힌 문패를 마련하고 부슬거리는 흙 위에 뗏장을 덮어 그것들이 그물처럼 뿌리를 뻗어가며 자리를 잘 잡아가기를 기대했다.

그런데 급작스레 마련한 아버지의 새 처소는 가파른 산꼭대기 부근이었고, 내가 일 년에 한두 번 벌초하는 것으로는 잡초가 자라는 속도를 따라잡을 수가 없었다. 벌초하기 며칠 전부터 심란해졌고 헐떡거리며 산소에 도착해서는 자랑처럼 무성한 풀에 기가 막혔다.

'아버지 고작 억센 잡초나 키우셨네요. 그곳도 이 땅에서 사는 것만

큼이나 쉽지 않은 곳인가 봐요.'

말도 되지 않는 투정을 부리며 내 키를 훌쩍 넘긴 풀들을 땀 뻘뻘 흘리며 낫으로 자르거나 뿌리째 뽑다 보면 얽힌 감정들이 가라앉고 잡념들이 뽑혀 나가곤 했다. 아버지의 몸은 지금쯤 어떻게 되었을까. 몸이 흙이 되는 데 어느 정도의 시간이 필요한가. 몸은 어떻게 생겨나고 소멸하는가. 벌초를 전후한 시간은 이런저런 생각들로 꽉 채워졌다. 그리하여 화두가 돼 버린 아버지의 몸.

이름 모를 대궁이를 움켜쥐고 풀리지 않는 과제에 매달리듯이 온 힘을 다해 베던 어느 순간, 끊임없이 풀을 키워내고 사마귀와 지네를 길러내는 것이 아버지의 몸 아닐까 하는 생각이 문득 들었다. 풀 한 포기, 꽃 한 송이가 아버지의 몸바꿈이라는. 아버지가 낳긴 내 몸처럼.

내가 땅 위의 내 과제에 골몰한 것처럼 흙 속의 몸도 스스로를 흩어뜨려 새로운 몸을 만드는 과제에 골몰해왔으리라. 몸은 몸의 법칙대로 만들어지고 소멸해가고, 거기에 인간의 의지가 개입될 여지가 별로 없어 보였다. 그러니 완강하다고 할밖에.

벌초가 끝난 후 군데군데 패이고 흙이 드러난 봉분은 솜씨가 형편 없는 이발사에게 맡겨진 머리 같았다. 그래도 조금은 가벼워진 기분으로 산을 내려가는 내 발걸음은 후들거렸고 온몸은 땀에 절어 있었다. 길 옆 도랑에서 흐르는 물에 손을 씻다가 이 물에도 아버지의 몸이 흐르겠거니 하는 생각을 하며 허리를 펴면 산등성이에 온통 발긋

먼 곳에서부터

거리는 진달래가 눈에 들어오곤 했다. 그것은 대지와 하늘−세계라는 거대한 몸에 난 발진이었다.

　한동안 잊고 지냈던 '아버지의 몸'이 다시 내 화두가 된 것은 묘지 관리사무소로부터 걸려온 한 통의 전화 때문이었다. 며칠 전 폭우가 내려서 산사태가 났는데 그 흙더미에 떠밀려 관이 지표면으로 드러났다는 것이다. 유실될 우려가 있으니 개장을 해서 이장을 하든지, 화장을 하라고 했다.

　아버지의 몸을 다시 직접 마주해야 한다니 두려웠다. 얼마 전 외할아버지의 개장 모습을 묘사한 막내 이모의 말이 귀에 쟁쟁거렸다.

　"개장하는 모습을 보기가 두려워 나는 못 가고 이모부만 산소에 올라갔어. 그런데 막상 묘를 열어보니 다른 데에는 육탈이 다 되었는데 오른쪽 다리가 곰팡이 슨 채로 거의 육탈이 안 되었더래."

　걸어가야 할 많은 길들이 남아 있었던 걸까. 한동안 외할아버지의 오른쪽 다리가 머릿속을 떠나지 않다가 겨우 잊고 있던 참이었다. 언제 또 비가 쏟아질지 몰라 머뭇거릴 시간이 별로 없었다.

　며칠 후, 몇 삽을 뜨자마자 관이 드러났고 뚜껑은 맥없이 열렸다. 아버지가 다 삭아가는 수의 자락을 덮고 누워 계셨다. 이상하게도 거기에는 침범할 수 없는 평화가 있어서 상상했던 것처럼 무섭지도, 징그럽지도 않았다. 머리뼈 부분만 약간 불그스레할 뿐 전체적으로 착하고 곱게 삭은 아버지를 담담히 지켜보았다. 장갑을 낀 네 개의 손이

조심조심 종이 상자에 유골을 추려 담았다. 라면 상자 크기의 공간도 넓었다. 식도암으로 돌아가신 아버지는 원체 말랐고 이십 년 가까이 땅속에서 육탈의 과제를 성실히 해내었던 것이다.

아버지의 유골이 담긴 상자는 놀라울 정도로 가벼웠다. 상자를 안고 조심조심 산에서 내려왔다.

원래 아버지의 유언은 화장해달라는 것이었다. 하지만 무남독녀 외동딸인 내 입장에서 55세에 돌아가신 아버지를 그렇게 보내드리기에는 너무 서운했다. 그래서 매장을 선택했던 건데 일이 이렇게 되고 보니 아버지께 너무 죄송했다. 두 번 번거롭게 해드린 것 같았다.

화장장에서 아버지의 몸이 뜨거운 열을 견디는 동안 나는 의자에 우두커니 앉아 있었다. 몸을 가지고 태어난다는 것이 서럽다는 것, 몸을 짓는 것도 오래 걸리지만 허무는 일도 무척 어려운 일이라는 것 등을 생각하며.

이윽고 아버지의 전부가 가루가 되어 내 품으로 돌아왔다. 산골(散骨)을 위해 흰 장갑 낀 손을 가루 속에 넣었을 때 아직도 불기를 품은 듯 뜨거운 열기가 확 느껴졌다. 서걱서걱하고 묵직한 느낌이 드는 회색 가루는 내 손을 떠나서 펄펄 날리다가 제자리를 찾았다는 듯 나무, 풀, 흙에 내려앉았다.

돌아서는 등 뒤에서 이제서야 끝났다는 안도의 한숨이 들리는 듯했

먼 곳에서부터

다. 그 순간 확연하게 깨달았다. 세상과 불화했던 아버지처럼, 아버지가 남긴 몸을 이끌고 나 역시 덜그럭거리며 살아가야 하리라. 그리고 언젠가 내게도 몸을 허무는 과제가 주어지리라는 것을.

. . . .

방

주민등록초본을 떼고 보니 그동안 스물아홉 번 이사한 기록이 고스란히 남아 있다. 일 년에 한 번은 짐을 싸서 셋집에서 셋집으로 전전하던 시간들의 흔적이었다. 그래서인지 내겐 방에 관한 추억이 많다. 그렇다. 내 기억의 단위는 집이 아니라 방이다. 그건 방 하나에 온 가족이 함께 기거했기 때문일 것이다. 방은 침실이자 식당이자 거실이자 응접실이었다. 때로 새 생명이 태어나기도, 생명이 사그라드는 장소이기도 했다.

기형도의 시 「엄마 걱정」을 읽으면서 어쩌면 초등학교 무렵의 내 어린 시절을 이렇게 잘 표현했을까, 감탄한 적이 있다. 해는 지고 어둠이 몰려오는데 "찬밥처럼 방에 담겨" 엄마를 기다리는 아이의 모습.

좀 더 커서의 기억이다. 학교에 다녀왔는데 방 안에서 여러 사람의 말소리가 두런두런 나기에, 반가움에 방문을 열어젖혔다. 하지만 아무도 보이지 않았다. 빈방을 가득 채운 말소리는 라디오에서 흘러나오고 있었다. 누군가 라디오를 켜둔 채 외출했던 것이다. 그때의 허전한 마음이 지금도 생생하다.

내가 나만의 방을 처음 갖게 된 건 대학교에 입학하면서 학교 앞에서 자취를 했을 때였다. 한옥 대문 옆 문간방이었는데 연탄보일러라 겨울에는 제때 연탄을 갈지 못하면 냉골이 되기 일쑤였다. 오들오들 떨다 보면 내 체온으로 이부자리에 온기가 돌았고, 아침이면 그 체온의 힘으로 다시 일어날 수 있었다.

'방' 하면 떠오르는 시인이 둘 있다. 하나는 백석이요, 다른 하나는 김수영이다. 시인들이 가장 좋아하는 시인으로 손꼽히는 백석은 집을 떠나 여기저기 떠돌며 시를 남겼는데 그 중 「남신의주유동박시봉방」이라는 제목의 시가 있다. 백석이 남신의주 유동이라는 동네에서 박시봉이라는 사람 집에 세를 내어 살았던 적이 있었던 모양이다. "습내 나는 춥고, 누긋한 방에서" 팔베개를 하고 이리 뒹굴 저리 뒹굴 하면서 자신의 슬픔과 어리석음을 생각하다가 눈 내리는 저녁, 산속에서 외로이 눈을 맞고 있을 "그 드물다는 굳고 정한 갈매나무"를 생각하고 자신의 마음을 다잡는 구절이 있다. 나는 본 적도 없는 갈매나무가 바로 내가 지향해야 할 정신적 표상이라도 되는 것처럼 비장해져

먼 곳에서부터

서는 외롭고 슬플 때마다 상상 속에서 갈매나무를 그려보고는 했다.

시인들 중에 '방'을 제목에 가장 많이 쓴 것이 아마 김수영일 것이다. 「방 안에서 익어가는 설움」, 「그 방을 생각하며」, 「여편네의 방에 와서」, 「누이의 방」 등 내 기억 속에 있는 제목만도 여러 편이 된다.

> 혁명은 안 되고 나는 방만 바꾸어버렸다
> 그 방의 벽에는 싸우라 싸우라 싸우라는 말이
> 헛소리처럼 아직도 어둠을 지키고 있을 것이다
> ― 김수영, 「그 방을 생각하며」 부분

김수영 시인은 아무리 가난한 시절이었을 때에도 반드시 자기만의 방이 있어야 했다고 그의 아내 김현경 여사는 회고한다. 말하자면 김수영 시인에게 방이란 침실이자 작업실이자 서재인 것이어서 거기에서 원고도 쓰고 번역도 하고 책도 읽었던 것이다. 누군가 예고 없이 방문하면 공부하고 글 쓰는 시간을 방해하는 셈이어서 잘 만나주지도 않았고, 심지어는 어린 아들에게 아버지가 집에 안 계신다는 거짓말을 하라고 시켰다고도 한다. 그렇게 확보한 '자기만의 방'에서 그의 명작들이 나왔던 것이다. 그래서 버지니아 울프는 여성이 글을 쓰려면 '자기만의 방'이 꼭 필요하다고 그렇게 강조했나 보다.

작가들의 방 중에서 내게 가장 깊은 인상을 심어준 것이 「강아지똥」, 「몽실언니」 등을 남긴 아동문학가 권정생 선생의 방이다. 그가 생전에 살았던 안동 외곽의 집은 살아가는 데 필요한 최소한의 것들만 있는 것처럼 보였다. 집이라기보다는 방이라는 표현이 걸맞을 정도로 침실과 거실과 응접실과 식당의 역할이 혼재된 공간이었다. 그의 방에는 싱크대, 책장, 책장에 꽂힌 책 몇 권이 전부였다. 돌아가신 지 십 년이 넘었으므로 옷가지나 소소한 살림살이는 다 치웠으리라. 보통의 경우, 자질구레한 살림살이가 사라지고 나면 집이 휑해 보이고 더 넓어 보이는 법이다. 그러나 권정생 선생의 방은 여전히 비좁고, 오히려 생전의 가난을 더 부각시키고 있었다. 서늘하고 자그마한 방이었으나 이 세상 어느 방보다 크고 깊었다. 그래서 후학들이 선생의 방을 지금도 줄을 이어 찾는지도 모르겠다.

방에는 이야기들이 있다. 벽과 바닥과 천장의 얼룩들에는 시간이 고여 있고 그게 그 방의 표정이 된다. 자신의 방을 우주로 만들거나 감옥으로 만들거나, 다 그 방에 사는 사람이 할 나름이다. 내 방은 지금 어떤 모습일까.

언제부턴가 내 머릿속에는 흰 방이 하나 들어와 있다. 조그만 나무문이 달린 시멘트벽, 나무탁자를 중심으로 나무의자 서넛, 삿갓을 쓴 백열등이 천정에서 내려와 있고……. 세 사람이 앉아서 이야기를 나누고 있다. 서걱거리는 사랑과 나비 팔랑이는 바다에 대해서, 가본 적 없는 미지의 시간과 공간에 대해서.

이야기를 어떻게 시작하게 된 걸까. 점차 벽에 습기가 차서 벽면을 따라 물기가 줄줄 흘러내리고 슬금슬금 거미가 천정에서 내려와 실을 자아낸다. 이야기를 하는 도중에도 거미는 쉼 없이 줄을 풀어내고 내 얼굴과 몸에 가늘고 부드러운 거미줄이 감긴다. 습기로 온몸이 눅눅한 채 손사래를 쳐가며 거미가 줄을 뽑아내듯 이야기를 이어가는 사람들.

온몸에 감기는 거미줄 때문에 고치가 될지도 모르겠다고 생각하면서도 이야기는 끝날 줄 모른다. 목숨을 담보 잡힌 세헤라자데처럼. 그리고 방 밖은 무한(無限)이 출렁이고 있다.

언제부턴가 이 이미지는 내 속에 깊숙이 들어왔고 나는 이 장면을 실제로 본 것 같은 착각이 들곤 한다. 태어나 일단 이야기를 시작하면 내내 그침 없이 이어가며 마지막엔 결국 시멘트벽에 달린 조그만 나무문을 열고 나가는 것이 인간의 운명 아닐까.

....

아내의 열 손가락

구룡산을 오르다 보면 어느새 옹기종기 노오란 생강나무 꽃이 산기슭마다 봄을 알린다. 진분홍 진달래꽃도 하나둘 뒤따라 피어나 바람에 스친다. 피어난 역순으로 생강나무 꽃이 사라지고 진달래꽃이 뚝뚝 떨어지고 나면 산들도 봄을 못 견디겠다는 듯 산벚꽃이 흐드러질 때쯤이면 아내와 함께 무작정 산을 오르기 시작한 지도 어느덧 1년이 가까워온다.

꼭 지난해 이맘때였을 것이다. 수십 년 동안 정신없이 앞만 보고 달려온 아내의 인테리어 가게가 재건축으로 문을 닫게 되는 바람에, 다른 곳으로 이전하면 수익성도 보장되지 않는 아내의 노고도 이제는 쉬어야 할 때다 싶기도 하여 일을 접은 지 두 해째나 되어갈 무렵이었다.

박봉의 남편 월급에만 기댈 수 없어 취직한 인테리어 가게 직원으로 10여 년에, 때마침 은퇴하는 주인의 가게를 도맡아 헤쳐온 지 스무 해!

가히 30년 동안 주부가 해야 할 가사에, 도배, 페인트칠에 싱크대까지 인테리어에 관한 한 문의나 의뢰가 쇄도해도 불평 한마디 없이 잘도 꾸려왔다. 언젠가부터는 사업하다 망한 오빠까지 불러 올려 꾸려나간 통에 일도 그만큼 더 벅찼으리라 짐작되었기에 나는 늘 그녀를 대견해하며 고마워했다.

그러던 어느 날부터인가 이상한 행동이 눈에 띄기 시작했지만 나는 오랜 장사 뒤끝에 생긴 어쩔 수 없는 고집이려니 무심히 흘려보냈고, 사달이 터지고 난 뒤에야 '그래서 그랬구나!' 싶었다. 매사에 우기는 것이 심해지는 것이야 당연히 바깥일 오래 한 중년 여성의 변화 정도로 대수롭지 않게 넘어가던 중이었다. 그것도 우연히 그동안은 내가 관심도 두지 않던 보험 가입이나 여윳돈 관리에 차질이 빚어지기 시작하면서부터였다.

들여다보니 이 무렵까지 근 반년이 넘도록 매달 보험을 가입하고 있거나, 그동안 물샐틈없이 관리해오던 통장 내역들에 대해 엉뚱한 말들을 쏟아내기 시작하는 것이다. 너무 오랜 세월 과로한 탓에 잠시 헷갈리거나 갱년기 증세가 아닐까 염려하며 병원 검진을 예약했던 것인데, 하루 입원 검사를 한다는 것이 일주일 입원으로 바뀌었고, 여러 정밀 검사 끝에 '조발성 알츠하이머' 경증 진단을 받게 된 것이다.

조발성은 최악의 경우 진단 1, 2년 사이에 가족도 알아보지 못할 정도로 급격히 악화될 수도 있다는 의사 소견이었다.

갑자기 눈앞이 아득해지는 절망에 아무도 없는 곳에서 통곡이라도 하지 않으면 내가 미쳐버릴 것만 같았다. 이걸 어찌해야 하나! 어찌해야 하나!

온갖 우여곡절을 건너온 수십 년간의 직장을 청산하고 겨우 버텨온 직업인데, 치매 환자인 아내 돌보기를 병행해 낼 수 있을까? 그렇게 병행해 내기만 하면 과연 아내의 병증을 완화시키거나 할 수 있을까?

주변에서는 만에 하나 의사 소견대로 급속도로 악화된다면 요양병원에 입원시킬 수밖에 없지 않느냐며 위로를 건넸지만, 그런 해법은 오히려 더욱더 나를 깊은 절망에 빠트렸다.

세상의 여성들이 결혼 조건으로 가장 싫어한다는 홀어머니에 외동아들에게 시집와, 묵묵히 잘 참고 견뎌준 지난날들이 와르르 한꺼번에 무너져 내렸다. 그래도 만약에 아내의 알츠하이머가 악화되어 누가 돌보지 않으면 안 되는 상황이 닥친다면 나는 차라리 생업과 문학까지 접는 한이 있더라도 내가 그녀를 직접 돌보리라 작심하기까지는 별로 시간이 오래 걸리지 않았다.

밤마다 불안한 마음으로 잠을 청하는 아내의 머릿결을 쓰다듬어주며 혹이라도 당신이 언젠가부터 상태가 나빠지고 혼자 지내기 곤란한 상황이 오면 꼭 내가 당신 곁을 지키며,

"당신이 싫어하는 요양병원에는 절대 보내지 않을 테니 걱정 마시라!"

하고 다짐할 때마다 아내는 나의 손을 꼭 잡고 고마워하며 잠들었지만, 갱년기 증세까지 겹친 듯 잠든 아내의 등이 밤마다 땀으로 흥건하여 밤새 몇 번이나 온몸을 닦아주거나 옷을 갈아입혀야 했다.

그렇게 땀을 콩죽같이 흘리면서도 자꾸만 춥다며 두터운 이불을 끌어당겨 덮는 통에 머리맡까지 땀으로 뒤범벅이 되었고, 나는 혹시나 그 땀으로 인해 뇌의 노화가 가속화되지나 않을까 걱정되어 침대 온도를 일부러 낮추고 이불도 얇은 것으로 교체했더니, 이번에는 춥다고 화를 냈다.

나는 그런 아내를 조심스레 달랬다. 이렇게 많은 땀을 흘리는 것이 뇌의 노화를 촉진시키고 당신이 처해 있는 안 좋은 현상들이 생기는 것일 거라며 조곤조곤 설득했고, 아내는 고맙게도 그런 내 말에 순순히 따라주었다.

그런 밤을 몇 달 거친 후에야 아내의 땀 흘리는 증세와 춥다며 두터운 이불을 끌어다 덮는 일은 감쪽같이 막을 수 있었다.

악화되던 알츠하이머 증세가 이런 땀 흘리는 증세를 사라지게 하는 것도 한편으로는 도움이 되지 않을까? 싶기도 했다.

병원에서 진단을 받던 작년 5월 말경의 아내는 정말로 눈앞이 아득했다. 병원에 입원할 때만 해도 여느 사람들보다는 조금 심해진 망각

먼 곳에서부터

증세려니, 기억력 증진을 위한 얼마간의 치료가 필요하지 않을까? 약간 불안해하던 정도였다가 막상 입원 기간이 길어지고 여러 검사를 거치면서 그녀의 상태가 이 정도로 안 좋을 줄은 꿈에도 몰랐다.

알츠하이머 확정 진단을 받고 병원을 나올 때의 아내는 거의 비몽사몽이라는 말 그대로였다. 숫자 계산은 아예 불가능하고 사물이나 사람의 이름을 그 정도까지 모를 줄은 전혀 예상하지 못했다. 그건 아마도 아내가 오랜 장사를 통해 익힌 사교술로 적당히 자신의 문제를 상대가 눈치채지 못하게 잘 얼버무려온 탓일 것이다.

퇴원 후 하나둘 연락이 된 아내의 주변 아무도 이런 이상을 눈치챈 이가 없었다. 그냥 이유는 모르겠지만 대화를 성의 있게 받아주지 않아 슬쩍 서운한 기분이 들 정도였다고 한다.

그 후로 나의 하루는 초긴장 상태의 연속이었다. 아내가 조금만 서툰 대답이나 말을 하여도 가슴이 철렁 내려앉았다. 이러다가 자고 나면 당장 나를 못 알아보지나 않을까? 아내 몰래 뒤척이며 잠을 청하지 못하는 날들이 아득했다.

처방전 첫 달은 아리셉트정 반 알 복용이었다. 혹이라도 약의 부작용이 없는지, 환자와 잘 맞는지를 지켜봐야 한다고 했다. 다행히 아내는 그 약을 먹고도 별 거부반응 없이 잠을 잘 청했다.

그러니까 두 달째부터 5mg 한 알 복용으로 바뀌었고, 의사가 추천해준 알츠하이머 환자 전용 영양제 보충까지 잘 적응해주었다. 나는 아내를 살린다는 일념으로 치매에 관한 한 치열하게 공부하며 실천에

옮겼다. 그런 와중에 내가 치매에 관한 기본 인식을 할 수 있게 해준 책이 일본인 전문의 하루야마 시게오가 집필한 『뇌내혁명』이란 책이었다.

급한 대로 나부터 두 번에 걸쳐 탐독한 뒤 날마다 출근하기 전에 아내에게 한 문단씩 읽히기 시작했다. 물론 나도 읽으면서 잘 이해가 안 되는 내용들이 많았으므로 독서를 싫어하는 아내가 그 책을 읽는 행위만으로도 자신의 상황을 대충은 짐작하고 앞으로 어떤 노력을 해야 할 것인가에 대한 마음의 준비에 도움이 되지 않을까? 싶었다. 계속 반복해서 읽고 또 읽기를 반복했다. 어떤 대단한 기대보다는 대안이 없던 때의 막연한 희망이었다.

그러면서 나름대로의 치매 대응 프로그램을 만들어갔다. 아침 7시에 기상하자마자 전용 영양식을 마시게 한 후, 그 책에서 소개하는 스트레칭 기법과 아내와 내가 십여 년에 걸쳐 해온 적이 있던 요가를 바탕으로 짧은 시간에 효과적으로 뇌세포를 자극해줄 만한 요가 프로그램을 만들어 적용했다.

물론 충분한 스트레칭이 가장 효과적이겠지만 출근에 지장을 주지 않도록 적절한 시간에 맞추어야 된다는 생각에, 그 순서를 총 30분 정도의 소요 시간으로 적용해 보았더니 아내도 점점 익숙해하며 상당한 효과가 있겠다는 자신감이 생겼다.

이 요가가 만약에, 만에 하나라도 치매 치료에 효과가 입증되기만

한다면 모든 치매환자들에게 동영상으로라도 알려주어서 그 효과를 누릴 수 있게 되기를 소망한다. 그 첫 효과가 기적처럼 아내에게 먼저 일어나기를!

부디 수십 년간이나 뇌 속에 쌓이고 쌓인 쓰레기 단백질인 베타 아밀로이드와 타우 단백질이 봄눈 녹듯이 사라지고, 그 단백질에 덮여 통신이 끊어져가던 별세포들이 다시금 꿈틀꿈틀 되살아나 예전처럼 활발한 언어 활동과 숫자 계산이 회복되기를 요가 마무리 때마다 간절히 기도했다!

한때는 이 베타 아밀로이드와 타우 단백질을 제거하기만 하면 치매가 치유될 것이라 기대하며 수많은 의학자들이 치매 치료제에 매달렸지만, 이 두 가지 성분만 제거된다고 치매가 치유되는 것이 아니라는 것이 판명되었다. 이 단백질들이 똑같이 쌓였는데도 치매가 오는 사람과 괜찮은 사람으로 구분되었기 때문이다.

나는 이것을 나름대로 이렇게 유추해 본다. 사람의 체력은 저마다 능력이 달라서 그 단백질로 덮여 있는 별세포도 저항력이 저마다 다를 것이라 예견한다.

누구는 수백 미터를 수영해도 여력이 있지만 누구는 몇십 미터만 수영해도 숨이 차서 호흡이 곤란해지는 것처럼, 별세포도 강한 자는 그런 단백질이 덮여도 여전히 자기 역할을 수행해내는 능력을 잃지 않을 수도 있을 것이나, 약한 인자는 적은 단백질의 도포에도 쉽게 치매 위험에 노출될 수 있을 것이다.

복용 중인 아리셉트가 그 단백질들을 제거하거나 더 이상 쌓이는 것을 억제해 준다면, 향후는 직접적 치매의 원인이라 할 별세포 기능의 왕성한 원상 회복을 앞당기는 치료제가 기필코 개발되리라 믿는다.

아침 요가 이후 치매 관련 서적 독서를 지속적으로 해오다가, 수시로 변칙적으로 발생하는 나의 업무 탓에 제대로 수행해내지 못하는 상황이 되자 아내의 자발적 독서에 의지할 수밖에 없게 되었는데, 책 읽기를 싫어하는 아내의 성정상 독서 프로그램은 여유가 있을 때나 피동적으로라도 시킬 수밖에 없겠다는 생각이 들었다.

단체로 참여하는 댄스교실이나 노래교실 같은 것이 좋다지만, 오래도록 지속된 코로나19 여파로 주민센터에서 운영하는 이런 취미활동이 모두 중단되는 바람에 아쉬움이 컸다. 하루빨리 코로나가 잡히고 이런 활동에 활발하게 참여할 수 있는 기회가 어서 왔으면 좋겠다.

다음은 출근하여 업무를 다급하게 해치우고 난 후, 늦어도 오후 3~4시 사이에 귀가하여 아내와 함께 동네 산이나 산책로를 걷는 일이었다. 만보기는 내가 출근하는 시간에 아내의 바지에 꽂아주는데 돌아와 살펴보면 아내의 걷기는 대중없었다. 많이 걸을 때는 이미 만보를 넘는 경우도 있고 어떤 때는 아예 천 보도 안 되는 경우도 있기에, 먼저 걸은 양에 맞추어 산행을 할 것인지 천변을 걸을 것인지 집 안에서 가벼운 운동으로 대체할 것인지를 고려했다.

꽃이 피거나, 미세먼지 같은 대기 상황도 고려하여 조절했는데, 대체로 기복이 있는 산행을 하는 것이 운동량은 가장 충족되었지만 아내는 그만큼 힘들다고 투덜댔다. 무릎이 아프다는 둥, 고관절이 아프다는 둥 할 때마다 아내를 달래는 변명은 치매가 악화되고 내가 없는 노후 상황이 닥치면 그런 당신을 누가 돌봐줄 것인가? 하는 것이었다.

자식도 저들의 바쁜 생활에 곁을 지켜줄 수도 없을 것이라며 달랬다. 치매 치유에 가장 주안점을 두어야 하는 것으로 규칙적인 걷기와 요가 등의 명상을 곁들인 유산소 운동에, 호두, 땅콩 등의 견과류나 올리브오일을 바른 연어구이 음식을 규칙적으로 먹게 했다.

가까운 시장이 개포5단지에 있는 생선가게인지라 갈 때마다 일주일치 정도의 구이용 연어를 사온다. 집에서 거기까지는 가급적 양재천변을 따라 걸어서 다녀온다. 왕복 1시간 정도의 거리인데 거기 가면 여러 과일이나 생선도 함께 장볼 수 있고, 입이 까다로운 노모께서도 마다하지 않는 순대나 삶은 옥수수까지 덤으로 사올 수 있어서 더 좋다. 그 집에서 내가 바라는 연어는 횟감으로 썰어둔 것이 아니라 통으로 굽기 좋게 토막 내주면, 나는 매끼마다 한 토막씩 올리브오일을 묻혀서 굽는다.

올리브오일을 바른 연어구이는 참 별미다 싶도록 은근히 깊은 맛을 풍긴다.

저녁 식사가 끝나고 시간이 경과하면 또 다른 영양제를 복용한 후는 자유 시간이다. 가족 간의 대화를 나누더라도 가급적이면 아내의 옛 추억을 다시 기억하게 하는 화제를 들추어주거나 아내의 이야기가 중심이 되도록 유도한다. 텔레비전을 시청하더라도 가급적이면 다큐멘터리나 시사프로 등의 시사점이 많은 프로를 보지만 아내는 원래부터 생각을 강요하는 것들을 싫어하므로 이것도 의사의 말대로 유전인가? 싶기도 하다.

주방 일은 무조건 식사에서부터 설거지까지 함께한다. 처음으로 병원에 진단 갈 무렵에는 아내는 밥솥을 바꾼 지 얼마 되지 않은 탓이기도 했지만, 취사도 제대로 누르지 못했고, 기본 반찬도 제대로 못 챙겼다. 그릇이나 컵의 정리 정돈이 엉망이 되는 바람에 노모와 내가 늘 다시 챙겨야 했다.

엎친 데 덮친 격으로 해마다 겪던 노모의 폐렴까지 찾아와 입원하는 바람에 아내와 노모를 번갈아 챙기느라 좌충우돌해야 했다. 시련은 극복하기 마련이어서 퇴원하고도 지속적으로 다녀야 하는 곳이 네 군데나 되는 바람에 어느 과의 채혈인지도 헷갈려 재차 들락거리는 오류를 범하기도 했지만 그래도 결국은 다 치료해냈다. 아내가 멀쩡할 때는 대부분 아내가 해결해주던 몫까지 감당해야 했으므로 아내의 빈자리가 이만큼이나 큰 줄은 미처 몰랐다.

그래도 불행 중 다행이라 해야 할까? 아내의 상태는 병원에서 예고했던 최악의 상황은 면한 듯했다. 가족도 알아보지 못한다던가? 공간

인지능력 저하로 인한 운전 중 사고나 길을 잃고 헤맨다던가? 하는 극단적인 상황은 아닌 듯했다. 물론 이제 겨우 1년 남짓 되어가니 아직은 섣불리 장담할 수는 없지만 지금까지의 경과로 볼 때 '조발성 알츠하이머'의 급속한 악화까지는 아니지 않을까? 조금의 안도를 갖게 되었다.

확진 1년이 지나면서 분명하게 드러나기 시작하는 것은, 사물이나 사람의 이름을 잊는다던가! 계산이 거의 불가능하여 은행 볼일이 안 된다는 것! 거기다가 표현력이 서툴러서 논리적으로 잘 설명하지 못한다던가! 하는 일이다. 책임이 따르는 중요 업무는 불가능하지만, 그 상태를 이해하고 옆에서 적절히 도와주기만 하면 일상에는 별지장이 없어 보이는 것만으로도 얼마나 감사한지 모른다.

그녀는 이제 매사에 내가 얼마나 지극히 자신을 챙겨주는지를 잘 알고 스스로 현재의 상태보다 나아지기 위해 노력한다. 물론 그 노력 자체도 보통 사람들의 그것과는 비교가 되지 않을 만치 효과가 저조할 것은 분명하다.

그러나 나는 아내가 함께 산을 오를 때나 침대에 누워서 잠을 청하다가도 계산이 안 될 때는 아내의 열 손가락에 나의 열 손가락을 합쳐 더하기 빼기를 반복한다. 그렇게 내민 아내의 삐뚤어진 손가락을 바라볼 때마다 아내의 험난했던 생에 대한 측은지심에 가슴이 미어왔지만 애써 감추며 손가락 더하기 빼기에 열중했다.

아내는 저 가녀린 열 손가락으로 남자도 감당해내기 힘들었을 인테리어 직원으로 십여 년에, 가게 주인이 되어 이십여 년을 지탱해왔다. 거기다가 아들 둘 돌봐가며 사사건건 가게까지 들락거리며 잔소리하고 참견하는 시어머니 군소리 다 참아내며 버텨준 아내가 이제라도 탈이 날 수밖에 없었으리라 짐작이 갔다.

그런 아내의 열 손가락을 바라보며 김수영 시인께서 시작(詩作)을 마치기만 하면 부엌에서 일하고 있는 아내를 불러 원고 대필을 시킬 때마다 달려가 시를 베꼈다는 김현경 여사의 열 손가락이 부럽기도 했지만, 아내는 우리 둘의 열 손가락을 합치면 스물까지 가능한 더하기 빼기가 참 쉽게 머리에 새겨지는지 손가락 계산을 할 때마다 아! 그렇구나! 감탄사를 연발했다. 나는 그녀의 그런 천진난만한 모습을 바라보며 어쩌면 아내는 이 험난한 세파에서 우리가 잃어버린 인간의 모습으로 남들보다 좀 더 일찍 돌아가고 있는 것이라 위안 삼는다.

그럴 때마다 나는 아내가 힘을 잃지 않도록 슬쩍 그녀에게 기대어 준다. 그녀는 모성애가 남들보다 특출하여서 그녀가 무한 힘을 내게 하는 방식이었다.

그녀 앞에서는 무조건 약하고 힘든 척 과장해서라도 하소연하면 그녀는 자신의 처지는 만사 제쳐둔 채 나를 구하러 달려들 것이기 때문이다.

지금 세계는 엄청난 기술 발달이 진행 중이어서, '달은 너무 가까워 아무것도 아니고, 화성까지 가는 로켓도 쏘아 올리기 시작했으니 당신처럼 치매로 고생하는 전 세계 환자들도 조만간 치료제가 개발되어 쉽게 치유되는 날이 곧 닥칠 것이다. 그때까지만 참으며 치유의 길을 모색해 보자! 어쩌면 치매약이 개발되기도 전에 우리 스스로 당신을 치유해내는 기적을 만들 수도 있을 것이다. 내가 꼭 그렇게 되도록 하겠다!' 약속하면, 아내는 '당신 말만 믿는다!' 내 손을 꼭 잡은 채 잠이 들고, 나는 허무한 도망자 대신 밤마다 그녀에게 사로잡힌 채 창밖에 피어나는 장미꽃 그림자를 베개 삼아 치열한 잠에 빠져든다!

홍순영

·····························

너는 흙에서 났으니

— 텃밭 인연들

나뭇가지마다 손가락을 굳게 걸고 있던 나뭇잎들이 며칠 사이에 손을 놓아버리고, 반쯤 단풍 든 얼굴들이 도로 위를 쫓겨 다닌다. 올해 내게 많은 비밀을 알려준 숱한 생명들도 자신의 분신을 남기고는 나날이 바람에 여위어가고 있다. 어긋난 지구의 시계추 탓에 점점 사계를 구분하기가 쉽지 않은 요즘이지만, 이 계절이면 늘 '순환의 원리'라는 명제를 떠올리게 된다.

흙에서 났으니 흙으로 돌아가기 전, 조금이라도 우주의 순리를 알고 가라는 신의 배려였을까? 올해 나는 처음으로 수원시 토종작물반에 가입하여 시민농장에서 텃밭 농사를 지었다. 인천이라는 항구도시에서 나고 자란 데다 농사를 짓는 주변 친척도 없는 나는 정말 농사엔 일자무식이었다. 그런 내가 직접 밭을 만들고 그냥 씨앗도 아닌, 흔치 않은 토종작물을 파종하게 된 것은 올해 내가 받은 가장 큰 선물 아닐까 싶다.

밭에 이랑을 만든 첫날은 내가 왜 이걸 시작했는지 정말 후회막급이었다. 농사 경험이 전무한 내게는 개인에게 할당된 두 평 남짓한 밭이 그렇게 버거울 수 없었다. 그러나 선생님에게서 이름도 낯선 토종작물 씨앗을 받아들면서부터 호기심이 생겼다. 개세빠닥상추, 시나그리팥, 선비잡이콩, 유월콩, 제비콩, 홀아비콩, 삼층거리파 등, 처음으로 접한 토종작물들 이름은 정겨웠다. 내 손끝에서 없던 정이 마구 움틀 것만 같은 느낌이었다.

도시농업 프로그램 중에서도 왜 하필 난 '토종작물반'에 들었을까, 하는 의문은 수업을 듣는 내내 든 생각이었다. 이 또한 하고많은 것 중에서 나와 맺어진 특별한 인연일 것이다.

농사에 있어 가장 중요한 것은 토양. 더욱이 화학비료를 쓰지 않는 유기농 재배의 경우 흙의 건강함이 무엇보다 중요함을 강조하시는 선생님 설명을 듣고 유기질 퇴비를 넉넉히 뿌린 뒤에 땅을 갈아엎었다. 딱딱하게 굳어있던 흙들이 여러 번 삽질을 하는 동안 부드럽게 몸을 풀었다. 어떤 것이든 품어주겠다는 듯 온순한 얼굴로 누워있는 흙 위에 가지런히 씨앗을 뿌리고 모종을 심었다.

당연한 말이지만, 나름 베란다에서 애정을 갖고 키워 온 화분 속 식물들과 자연에서 키우는 작물들과는 생육 조건에 있어 '기상 여건'에 좌지우지된다는 큰 차이가 있었다. 계절이 바뀌어가는 동안 나름 소소한 수확의 기쁨을 누리며 밥상머리가 풍요롭기도 했으나, 한편으로는 내가 어찌지 못하는 신의 영역에서 나의 노력은 한갓 무용한 일이 되고 허망함만 쌓이기도 했다. 또한 작물들과 같이 번성해가는 텃밭의 벌레들은 이곳 주인은 내가 아니라는 것을 보여주며 시위하듯 나를 괴롭혔다.

그럼에도 어찌어찌 모두의 도움을 받아 상추며 백당근, 아욱, 수원가지 씨앗을 채종하는 경험까지 했다. 귀찮아서 다 팽개치고 싶은 마음이 일순 일었으나 처음 짓는 농사에서 파종부터 수확, 채종까지의 과정을 완결한다는 것은 한 생명의 일생을 돌아볼 수 있는 소중한 기회였기에 포기할 수 없었다.

개세빠닥상추 씨앗을 받느라 거실엔 온통 솜털이 휘날리고, 무엇이 씨앗이고 무엇이 버려야 할 잡티인 것인지를 물어가면서 그 일을 마치고 돌아섰을 때 왠지 벅찬 감동이 일었다. 내가 한 생명의 일생을 지켜보았다는 경이로움과 애정 어린 시선으로 작물들을 돌보며 노심초사, 생명의 번성을 꿈꾸었다는 사실이 나를 한동안 뜨거운 고요에 머물게 했다.

헤르만 헤세의 『정원 일의 즐거움』이란 책 속에는 "외면세계를 통해 형성하는 내면세계, 그것이 있어서 외부세계가 몰락하더라도 누군가는 다시 그 세계를 일으켜 세울 수 있다."란 대목이 있다. 이 문장에 기대자면 나의 풋내기 농사꾼 체험은 부실한 내면세계를 강건하게 해주는, 코로나19를 포함한 외부세계의 총체적 불안으로부터 나 자신을 지킬 수 있는 힘을 키워준 시간이었다.

토종작물반 수업은 이론수업과도 병행했는데, 덕분에 심화되어 가는 식량주권의 위기, 그에 따라 우리가 토종작물을 보관, 확대해 나가야 하는 이유 등, 토종자원을 지켜야 하는 당위성에 대해서도 새삼 깨닫게 되었다. TV에서도 보도된 바 있는 백두대간 종자보관소, 씨앗도서관의 형성 과정, 최근 세계 각국에서 벌어지는 종자 전쟁에 관한 이야기들은 이제껏 먹을 것이 넘쳐나는 세상에 살고 있다는 느슨했던 내 생각을 불식시켰다.

또한 농업에서의 '토종' 개념은 애당초 이 땅에서 자라난 것뿐 아니라 30년 이상 우리나라 환경에 적응해 토착화된 것을 일컫는 것이며, 흔히 우리 것으로 알고 있는 참깨는 아라비아, 원두는 아프리카가 원산지임을 알고는 기분이 묘했다. 우리가 토종과 외래종을 구분해야 될 필요성 내지는 토착화된 것들에 대한 인식도 달리해야만 할 것 같다. 이는 우리 사회의 구성원으로 자리 잡고 있는 다문화가정과 결부시켜서도 생각할 거리를 동시에 주었다.

토종씨앗이 품고 있는 유래와 수집 과정에서의 서사는 또 얼마나 정겨운 것인가, 할머니들이 시집오면서 친정에서 싸준 씨앗으로 한 집안의 먹거리를 지탱해온 내력 하며, 선비가 글공부를 하다가 콩을 만지는 바람에 먹물 자국이 남았다는 선비잡이콩, 개혓바닥처럼 길고 뒤집어진다 해서 붙여진 개세빠닥 상추 등의 이야기들이 밭이랑마다 무성했다.

코로나19로 지인들과의 대면도 원활치 않고, 책상에 붙어있어 봤자 가슴만 답답할 때면 텃밭으로 건너와 다른 사람들이 키운 작물들을 둘러보던 아침 산책길. 텃밭은 주인의 성격을 고스란히 드러낸다. 야물딱지고 알차게 작물이 심긴 밭이 있는가 하면 어설픈 두둑에 삐뚤삐뚤 마음 내키는 대로 심긴 작물도 많았다. 나는 그런 밭들을 한 바퀴 돌아보는 동안 어수선하고 들떠있던 마음에 흙을 북돋아주기도 하고, 삐죽삐죽 솟아있는 잡생각들을 솎아주기도 하면서 지난 계절 마음의 평화를 얻어왔다. 그것뿐이랴, 흙을 만질 때마다 몸의 감각이 마음의 감각으로 전이돼 오는 것을 느끼며 즐거움을 만끽할 수 있었다. 침묵 속에서 서두르지 않고 자신만의 속도로 생의 주기를 완성하는 작물들은 나의 영원한 선생님임이 분명해졌다. 그렇다면 올해 내가 찾은 소중한 인연은 흙과의 만남이요, '토종'이란 이름표를 단 작물들인 셈이다.

김현경

1927년 서울 종로구 사직동에서 태어나 경성여자보통학교(현 덕수초등학교)와 진명여고를 거쳐 이화여자대학교 영어영문학과에서 수학. 김수영 시인과 결혼해 두 아들을 둠. 에세이집 『낡아도 좋은 것은 사랑뿐이냐』 『우리는 영원하고 사랑도 그렇다』(공저)가 있음.

김명인

문학평론가. 1958년 강원 도계 출생. 1985년 『창작과비평』으로 작품 활동 시작. 저서로 평론집 『희망의 문학』 『불을 찾아서』 『자명한 것들과의 결별』 『폭력과 모독을 넘어서』, 연구서 『김수영, 근대를 향한 모험』 등이 있음. 현재 인하대학교 국어교육과 교수로 재직 중.

김선주

삼성전자 해외 주재원으로 근무한 남편을 따라 20여 년간 호주, 네덜란드, 이탈리아, 브라질, 러시아, 싱가포르 등에서 생활 후 2021년 귀국. 힐링 커뮤니티 댄스 지도자 겸 PHW 라이프 코칭 대표.

김은정

『현대시학』 등단. 저서로는 시집 『너를 어떻게 읽어야 할까』 『일인분이 일인분에게』 『열일곱 살 아란야』, 학술서 『연암 박지원의 풍자정치학』 『상징의 교육적 활용－미란다와 크레덴다』가 있음.

김준태

1948년 해남 출생. 1969년 『전남일보』 『전남매일』 신춘문예에 당선되고 『시인』으로 작품 활동 시작. 『문예중앙』에 중편 「오르페우스는 죽지 않았다」 발표. 시집으로 『참깨를 털면서』 『국밥과 희망』 『밭詩』 『쌍둥이 할아버지의 노래』 외 19권, 영역시집 『Gwangju, Cross of Our Nation(광주여, 우리나라의 십자가여)』, 일본어시집 『光州へ行く道(광주로 가는 길)』, 산문집 『백두산아 훨훨 날아라』 『세계문학의 거장을 만나다』 등이 있음.

남기선

시낭송가, 시마을낭송작가협회 회장. 전국시낭송대회 대상 등 다수 수상. 2017년중국연변조선족 초청공연. 2019년 카자흐스탄 고려인 초청 국립극장 공연.

노혜경

1958년 부산 출생. 1991년 『현대시사상』으로 작품 활동 시작. 시집으로 『말하라, 어두워지기 전에』 등 4권이 있음.

맹문재

대담집으로 『행복한 시인 읽기』 『순명의 시인들』, 시론 및 비평집으로 『한국 민중시 문학사』 『지식인 시의 대상애』 『시학의 변주』 『만인보의 시학』 『여성시의 대문자』 『여성성의 시론』 『시와 정치』가 있음. 현재 안양대 국문과 교수.

박설희

1964년 강원도 속초 출생. 2003년『실천문학』으로 작품 활동 시작. 시집으로『쪽문으로 드나드는 구름』『꽃은 바퀴다』있음. 현재 (사)경기민예총 문학위원장.

박흥점

1961년 전남 보성 출생. 2001년『문학사상』으로 작품 활동 시작. 시집으로『차가운 식사』『피스타치오의 표정』있음.

성향숙

경기 화성 출생. 2000년『농민신문』신춘문예, 2008년『시와반시』로 작품 활동 시작. 시집으로『엄마, 엄마들』『염소가 아니어서 다행이야』『무중력에서 할 수 있는 일들』있음.

신좌섭

1959년 서울 출생. 시집으로『네 이름을 지운다』가 있음. 현재 서울대학교 의과대학 교수.

오현정

경북 포항에서 출생. 숙명여대 불문과 졸업. 1989년『현대문학』으로 등단. 시집으로『라데츠키의 팔짱을 끼고』『몽상가의 턱』『광교산 소나무』『물이 되어, 불이 되어』『봄온다』『에스더 편지』『고구려 男子』『마음의 茶 한 잔·기타 詩』『보이지 않는 것들을 위하여』등 있음. 숙명여대 취업경력 개발센터 문예창작 강사 역임.

이명원

1970년 서울 출생. 1993년『문화일보』신춘문예로 작품 활동 시작. 비평집으로『두 섬 : 저항의 양극, 한국과 오키나와』『연옥에서 고고학자처럼』등이 있음. 현재 경희대 후마니타스칼리지 교수로 재직 중.

임동확

1959년 광주 출생. 서강대 국문학과 대학원 박사. 시집『매장시편』으로 작품 활동 시작. 시집으로『살아있는 날들의 비망록』『운주사 가는 길』『벽을 문으로』『처음 사랑을 느꼈다』『나는 오래전에도 여기 있었다』『태초에 사랑이 있었다』『길은 한사코 길을 그리워한다』, 시론집『사람이 꽃보다 아름다운 이유』등이 있음.

정원도

1959년 대구 출생. 1985년『시인』으로 작품 활동 시작. 시집으로『그리운 흙』『귀뚜라미 생포 작전』『마부』있음. '분단시대' 동인.

조은주

시낭송가. 산유화 시극단 회원, 처인시낭송 회장, 〈오아시스 세탁소 습격사건〉 외 출연.

최기순

경기 이천 출생. 2001년『실천문학』으로 작품 활동 시작. 시집으로『음표들의 집』『흰 말채나무의 시간』이 있음.

함동수

『문학의식』으로 작품 활동 시작. 경기문학상, 경기예술대상, 용인문화상 수상. 시집으로『하루 사는법』『은이골에 숨다』, 산문집으로『꿈꾸는 시인』 등이 있음.

홍순영

2011년 『시인동네』로 등단. 시집으로『우산을 새라고 불러보는 정류장의 오후』『오늘까지만 함께 걸어갈』 있음.